Jo Hanns Rösler wurde am 7. April 1899 in Königstein an der Elbe geboren, besuchte das humanistische Staatsgymnasium in Dresden, um Theologie zu studieren, kam verwundet aus dem ersten Weltkrieg zurück und begann sofort, seine ersten Beiträge im »Simplicissimus«, der »Jugend«, den »Lustigen Blättern« und im »Berliner Tageblatt« zu veröffentlichen. Er heiratete in jungen Jahren eine Wiener Schauspielerin namens Kitty und lebte mit ihr in Paris, Berlin, Wien und auf der Insel Mallorca, bis er im Jahre 1935 seßhaft wurde und seinen Berghof über Feilnbach erwarb. Sein Bühnenstück »Philine« ging über alle Bühnen und wurde zweimal verfilmt. Rösler gehörte mit seinen heiteren und besinnlichen Geschichten, die er selbst las, zu den beliebtesten Rundfunkautoren. Er starb am 25. September 1966 in München.

Außer dem vorliegenden Band sind von Jo Hanns Rösler
als Goldmann-Taschenbücher lieferbar:

Wohin sind all die Tage ... (3407)
Wohin sind all die Stunden ... (3421)
Das große Jo-Hanns-Rösler-Buch (9121)

Als Großschrift-Taschenbücher sind von Jo Hanns Rösler
im Wilhelm Goldmann Verlag erschienen:

Wohin sind all die Tage ... (7238)
An meine Mutter (7203)
Die Reise nach Mallorca (7225)

Jo Hanns Rösler

Wohin sind all die Jahre ...

Heitere Erzählungen

GOLDMANN VERLAG

Ungekürzte Ausgabe

Der Goldmann Verlag
ist ein Unternehmen der Verlagsgruppe Bertelsmann

Made in Germany · 11. Auflage · 5/92
Genehmigte Taschenbuchausgabe
Die Originalausgabe ist im Stieglitz Verlag, E. Händle, Mühlacker, erschienen
Umschlagentwurf: Atelier Adolf & Angelika Bachmann, München
Umschlagfoto: Agentur Schlück, Augsburg
Satz: Presse-Druck Augsburg
Druck: Elsnerdruck, Berlin
Verlagsnummer: 3398
MV · Herstellung: Harry Heiß/Sc
ISBN 3-442-03398-5

Inhalt

Wohin sind all die Jahre...

Ein Vorwort

Am Tag, an dem ich fünfundsechzig Jahre alt wurde, stellte ich erschrocken fest, daß ich soeben durch die Pforte gegangen war, durch die hindurch man ins Alter schreitet. Die Wege jenseits der Pforte sind eben angelegt, mit sanftem Kies bestreut, ohne Treppen und anstrengende Steigungen, viele breite Bänke zum Ausruhen sind rechts und links unter schützenden Bäumen aufgestellt – es sind Wege zum Promenieren, nicht mehr zum Vorwärtskommen. Ich ging langsam durch die Pforte und blieb schon vor der ersten Bank stehen, setzte mich ohne Hast, einen warmen Mantel über meinen Schultern, und blickte zurück zu dem Tor, durch das ich soeben eingetreten war.

Ich war damals ein wenig außer Atem. Die Feier meines fünfundsechzigsten Geburtstages hatte mir zugesetzt, mein Herz war beklommen, und ich fragte mich erschrokken: Wohin sind all die Jahre, wohin sind sie verflogen? War es nicht erst gestern, als ich die Schulbank verließ, war es nicht erst gestern, als ich Kitty freite? Heute habe ich vergessen, was ich auf der Schulbank lernte, kaum daß ich mich noch an das amo, amas, amat erinnere und die ersten zehn Zeilen der Ilias aufzusagen vermag. Vom pythagoreischen Lehrsatz weiß ich gerade noch, wer Pythagoras war und daß er 570 vor Christus geboren wurde. Vom Gallischen Krieg ist mir nur noch im Gedächtnis, daß ganz Gallien in drei Teile geteilt war, aber nicht mehr, wer diese Teile bewohnte. Und was meine Frau betrifft, Kitty, die ich mit einundzwanzig freite und die damals noch ein

Kind von sechzehn Jahren war, so ist sie heute längst Großmutter geworden, und unsere Töchter, die ich so gern auf die Knie nahm und mit ihnen »Hoppe, hoppe, Reiter!« spielte und die ich hundertmal »in den Graben fallen und von den Raben fressen« ließ, sind glückliche Ehefrauen geworden, mit eigenem Telefon und eigenem Wagen, schneller als der meine. Meine Enkelkinder laufen bereits Schlittschuh, fahren Rad, jetzt machen sie bereits ihre Schularbeiten, amo, amas, amat, und gingen vorigen Sonntag selbdritt mit ihrem Großvater in »Kabale und Liebe«.

Wohin sind wirklich all die Jahre, als ich meine Erzählungen und kurzen Geschichten schrieb, frech und übermütig am Anfang, ein »Simplicissimus«-Autor, und heute nur noch heiter? Wo sind all die jungen liebenswerten Mädchen geblieben, die ich einst in Versen anbetete und später zu Heldinnen meiner Novellen und Komödien machte? Ich sah ihnen auf den Mund und schrieb die Sätze nieder, die aus ihren geliebten Lippen kamen, ich lag an ihrem Busen und träumte davon, was ich einmal, von so schönen Musen geküßt und geliebt, für ein bedeutender Schriftsteller werden würde, geehrter als Goethe, gescheiter als Lessing und dramatischer als Schiller. Die Mädchen sind von mir gegangen und meine Träume auch, und was übrigblieb, war ein großes Herz, in das meine Frau einzog und meine Töchter und meine Schwiegersöhne und meine Enkel und meine Nachbarn, nachdem meine Mutter mich verlassen hatte und ich nicht mehr liebend für sie sorgen konnte.

Wohin sind meine Freunde gekommen, denen ich im engen Kreis stolz meine jüngsten Geschichten vorlas, wo sind die Tische, auf denen ich sie schrieb, die Stühle, auf denen ich saß? Wo ist das Stehpult geblieben, das im Erzgebirge in meinem Garten stand, als ich mir einfallen ließ, meine Einfälle stehend und im Freien niederzuschreiben, um Gottes Atem näher zu sein? Wo sind die Rosenbäume von damals, die ich pflanzte und dann von ihnen wegzog, wo die Linden im Schloßhof hoch über der Donau bei Passau, die nur einen Sommer für mich blühten, während ich »Philine« schrieb? Die alte Bank vor meinem Haus in Grinzing am Beethovengang ist längst verfallen, ein Heuriger macht sich heute dort breit, wo ich einmal zwischen den Weinbergen allein saß, meine Hütte in Andraix auf Mallorca, wo ich ein Jahr wohnte und mit den Fischern nächtlich auf Fischfang fuhr, ist abgerissen, und die Pension in Berlin auf dem Kurfürstendamm besteht nicht mehr, in der ich meine Revue »Wenn es dem Esel zu wohl wird« für Willi Schaeffers schrieb. Ich denke an alle die Orte zurück, wo ich zu Hause war, an alle die Wirte, bei denen ich zu Tisch saß, an die Glocken der Kirchen, die für mich den Sonntag einläuteten, die Straßen, die Hausschilder, die Bahnhöfe, selbst den Farbbändern meiner Schreibmaschine trauere ich nach, meinen Briefbögen, die am Anfang sehr aufwendig waren und mit den Jahren immer bescheidener wurden, bis sie nur noch den Namen schwarz auf weiß enthielten. Wo sind die Briefträger geblieben, die mir jeden Tag die Zeitungen mit meinen Geschichten ins Haus brachten, die dünnen Briefe mit den guten Nachrichten und die dicken, die ich nur mit Mißmut öffne. Ich denke an die Holzscheite, die ich seit vierzig Jahren in meinen Kamin warf, an die Nüsse meines Nußbaumes, die ich mit einer langen Stange abschlug, um sie für den Weihnachtsbaum zu vergolden. Wieviele Kerzen brannten vor mir zu Ende, und heute bin ich selbst nur noch eine heruntergebrannte Kerze, die morgen oder übermorgen verlischt.

In diesen Jahren, die vorüber sind, schrieb ich viele Bücher und noch mehr Geschichten, letztere mehr für den Tag bestimmt, heute gelesen und morgen vergessen. Manche kamen durch einen Zufall wieder zum Vorschein, zwei fand ich in einem alten Lesebuch aus dem Jahr 1929, andere wieder entdeckte ich in einer alten Puppe meiner Töchter, wohin man sie – wahrscheinlich ich selbst – zur Auffüllung des Puppenleibes hineingepreßt hatte. Unter dem Fußboden meiner Wohnstube in meinem alten Bauernhaus, den ich vor fünfunddreißig Jahren selbst gelegt hatte und jetzt erneuerte, fand ich manche Geschichte, die ich damals zur besseren Wärmedichtung unter das Holz gelegt hatte, unter den Filz meines Schreibtisches waren sie als Unterlage geklebt – Geschichten ohne Zusammenhang, wie ich sie im Laufe meines langen Lebens schrieb, oft gedruckt und heute vergessen. Ich vereine sie in einem Band, denn im Alter sammelt man gern, was ein Teil unseres Lebens war, nachdem die großen Träume sich nicht erfüllt haben und ich nur ein Erzähler geworden bin, allerdings, wie ich hoffe, ein Erzähler, dem man zuhört. Und das ist schon viel, im Alter dankbar betrachtet.

Ich sah von meiner Bank aus zu dem Denkmal von Goethe hinüber, lächelte ein wenig über mich und sagte zu dem Erzenen: »In manchen Häusern stehe auch ich, zerlesen und fleckig, neben deiner Gesamtausgabe. Verzeih es mir!«

Die Tyrannei der Hasen

Ich hatte vor meinem Vater einen höllischen Respekt. Es war ja in den Jahren, als ich jung war, nicht so wie heute, wo man sich mit seinem Vater zum Debattieren hinsetzt und die Väter uns zuhören, um uns dann mit Vernunft und Liebe von unseren irrigen Meinungen abzubringen, sondern damals hieß Erziehung einfach befehlen.

In meiner Familie herrschte eine geradezu wilhelminische Ordnung. Das war eine Pyramide. An ihrer Spitze stand der Vater, darunter und nicht daneben als nächste Instanz die Mutter, selbst der Onkel und die Tante hatten noch Erziehungsrechte, der größere Bruder, die ältere Schwester, und ganz unten, unter der Last der Pyramide von Vorgesetzten – denn nicht anders war es zu bezeichnen –, stand ich, ein Junge von neun Jahren. Mein Vater war ein kleiner Fabrikant, Stadtverordneter in einer Stadt von fünfzehntausend Einwohnern, konservativ, königstreu, auch hatte er noch weitere Ehrenämter und besaß sogar, wenn ich mich recht erinnere, einen Orden.

Ich empfand mehr Respekt vor meinem Vater als Liebe. Wenn ich mit neun Jahren gewußt hätte, wie man Tyrann schreibt, hätte ich bestimmt »Vater ist ein Tyrann« in den Sand gekritzelt, wobei ich ängstlich nach allen Seiten Umschau gehalten hätte, daß keiner meine Sandschrift zu lesen bekam. Erst mit neun Jahren, gerade an der Schwelle, wo Verstand und Einsicht zum ersten Mal zum Durchbruch kommen, hatte ich ein Erlebnis, das mein Verhältnis zu meinem Vater grundlegend änderte. Es begann mit einer Lüge. Ein Junge, der für jede Dummheit eine empfindliche Strafe erhält, flüchtet sich gerne in die Lüge. Das wurde mit einem Schlag anders, und von diesem Erlebnis möchte ich erzählen.

Zu meinem neunten Geburtstag hatte ich mir Kaninchen gewünscht, und mein Vater schenkte mir ein Paar Belgische Riesen. Es waren zwar noch keine erwachsenen Kaninchen, vorerst noch kleine Hasen, von Riesen war nicht die Rede, aber mein Vater erzählte mir – und aufgeregt las ich es nach –, daß dies die größte Rasse aller Kaninchen wäre und Tiere von zwölf Pfund keine Seltenheit seien. Auch würfe jede Häsin mit Leichtigkeit im Jahr zwanzig Junge. Ich war überzeugt, daß ich alle zwanzig aufziehen würde und am Jahresende somit bereits über zehn neue Zuchtpaare verfügen könnte, die im nächsten Jahr auf zweihundert Stück anwachsen würden und im darauffolgenden Jahr sogar auf zweitausend Hasen. Zu dieser Milchmädchenrechnung nahm ich Bleistift und Papier zu Hilfe, und ich sah mich bereits in zwei Jahren als reichen Mann und in der Folge als Millionär.

Zuerst aber zimmerte ich mir aus einer Holzkiste einen primitiven Hasenstall, und während ich dies tat, versprach mir Vater noch, die schlachtreifen Tiere für Mutters Küche abzukaufen, das Pfund für fünfzig Pfennig. Das war für mich, der nur zwanzig Pfennig Taschengeld erhielt, ein gewaltiges Kapital. Leider ließ Vater sofort die Einschränkung folgen, daß dieses Geld in die Sparbüchse zu wandern habe, die bei uns auf dem Klavier stand und die ich als meine schlimmste Feindin betrachtete. Denn so oft mir ein Verwandter oder ein Besuch eine Mark zusteckte und dabei sagte: »Ein großer Junge wie du braucht immer Geld«, mußte ich nach seinem Weggehen diese Mark oben in den Schlitz meines Sparschweines stekken, und zur Debatte über eine bessere Verwendung wurde mir keine Gelegenheit gegeben. Wenn ich wenigstens den Inhalt meiner Sparbüchse zum Kauf eines Fahrrades hätte verwenden dürfen, das ich mir so brennend wünschte!

Aber mein Vater traf keine Anstalten, mir diesen Wunsch zu erfüllen.

Doch ich will hier nicht von meinem Fahrrad erzählen, das ich nicht bekam, sondern von meinen Kaninchen, die ich zum Geburtstag geschenkt bekommen hatte. Erspart mir die Geschichte der Zwischenzeit von meiner überschwenglichen Freude der ersten Wochen, wo ich sofort von der Schule zu meinem Hasenstall eilte, die Taschen voll Löwenzahn und Sauerampfer. Meine beiden Tiere waren überaus freßlustig, und ich wurde nicht müde, ihnen beim Fressen zuzuschauen. Ich konnte es kaum erwarten, zu meinen Hasen zu kommen. Das war am Anfang. Bald aber wurde die Freude zur Pflicht und die Pflicht zur Plage. Wenn ich im Sommer mit den anderen Jungen angeln oder schwimmen gehen wollte, fragte mein Vater stets: »Sind die Hasen gefüttert?«; wenn ich nachmittags vom Fußballplatz heimkam, war seine erste Frage immer: »Hast du Löwenzahn für deine Hasen mitgebracht?« Ich hatte natürlich keinen Löwenzahn mitgebracht, ich hatte es völlig vergessen, und nun mußte ich nochmal hinaus, Futter zu holen.

Meine Hasen hatten sich inzwischen vermehrt, der erste Wurf war gelungen, ein zweiter unterwegs, so weit erfüllten sich meine Träume, aber es waren längst keine Träume mehr. Ich begann, meine Hasen schief anzusehen, ja sie zu hassen, weil sie mir so viel Pflichten auferlegten.

Im Winter wurde es besser. Als es kein Grünfutter mehr gab, hatte mein Vater einen Zentner Heu und einen Zentner Rüben gekauft, damit meine Hasen keine Not litten. Aber mir oblag es, jeden Morgen vor Schulanfang in der Winterkälte in den Stall hinunterzugehen, meine Hasen zu füttern, und am Abend mußte ich wieder über den zugigen, schneeverwehten Hof, um ihnen die zweite Mahlzeit zu geben und den Stall sauber zu halten. Mein Vater achtete streng darauf und sagte, ich hätte die Verantwortung für die Tiere, die ich mir so brennend gewünscht hatte.

Wir hatten im neuen Jahr einen zeitigen Frühling, die Wiesen begannen bald grün zu werden, meine Hasenschar hatte sich inzwischen auf zwölf vermehrt, das war alles sehr aufregend, aber für zwölf Fresser jetzt genug Löwenzahn auf den Wiesen zu sammeln und heimzutragen, wie mein Vater von mir verlangte – und das jeden Tag zweimal –, das ging beinahe über meine Kräfte. Das Heu und die Rüben waren zu Ende, mein Vater weigerte sich, neues Futter zu kaufen, wenn auf den Wiesen genug wüchse. Ich sann und sann, nachdem ich jede Freude an meinen Kaninchen verloren hatte, wo und wie ich der Tyrannei meiner immer hungrigen Hasen entgehen könnte. Als ich eines Tages beim Abendessen am Familientisch vernahm – mein Vater las es aus der Zeitung vor –, daß in der vorletzten Nacht zwei Kälber aus dem Gutshof Bernick gestohlen worden waren und von den Tätern jede Spur fehlte, wurde ich plötzlich schweigsam und vergaß Essen und Trinken. So angestrengt mußte ich nachdenken. Dann wußte ich plötzlich, was ich zu tun hatte.

Die nächsten Tage lief ich zweimal zum Bielabach – es war ein Spaziergang von fünfzehn Minuten – und studierte die Lage. Wie oft hatte ich hier auf den angrenzenden Wiesen Löwenzahn und Huflattich heimgetragen! Am besten und saftigsten gediehen diese Kräuter auf der Grimmschen Wiese, die sich an der Biela hinzog, ein wenig oberhalb des Baches gelegen. Mein Plan war gefaßt. In der Nacht vom Samstag zum Sonntag – mein Vater war überraschend zu Freunden eingeladen – schlich ich nachts heimlich auf Zehenspitzen aus meinem Zimmer, huschte die Treppe hinunter, verließ das Haus durch die Hoftür, eilte über den Hof, sperrte den Stall auf und holte unter den Kaninchenställen einen großen Sack hervor, in dem der Flachs für die Fabrik geliefert wurde und den ich bereits am Freitag hier versteckt hatte. Ich war mit einer Taschenlampe ausgerüstet. Jetzt nahm ich Kaninchen für Kaninchen aus dem Stall heraus, stopfte sie in den großen Sack, und als ich sie dort alle beieinander hatte, alle zwölf Stück, ließ ich die kleinen Stalltüren weit offen stehen und marschierte, nicht ohne Angst, daß mich, den kleinen Jungen mit dem großen Sack auf dem Rücken, jemand sehen könnte, mitten in der Nacht am Bielaufer entlang zur Grimmschen Wiese hinauf. Es war eine schwere Last, ihr könnt es mir glauben. Der schwere Sack, das schlechte Gewissen, die finstere Nacht, das Rauschen des Baches – ich keuchte, ich schnaufte, ich mußte ein paarmal absetzen – zweimal wollte ich umkehren, aber dann siegte mein Wille, mich von der Tyrannei der Kaninchen zu befreien.

Endlich hatte ich es geschafft. Ich stand auf der Grimmschen Wiese. Jetzt kam auch oben am Himmel der Mond aus den Wolken hervor, es war alles sehr geisterhaft und unheimlich, und das, was ich tat, war ja keine gute Tat – ich legte den Sack auf den Boden, löste die Schnur, und heraus hoppelte Hase um Hase, der eine nach rechts, der andere nach links, die beiden alten Belgischen Riesen zum Schluß, und schon begannen sie, fröhlich um sich zu grasen, sprangen hüpfend ein paar Meter weiter, jeder in eine andere Richtung, ich sah ihnen nach, sie taten mir ein wenig leid, aber andererseits waren sie ja hier in der Natur, fanden reichlich Futter, und ich sah, wie es ihnen schmeckte. Immer leerer wurde es um mich, bis auch das letzte Kaninchen, ein ganz kleines, den anderen nachlief und aus meinem Blick verschwand.

Am nächsten Morgen, am Sonntag, noch vor dem Glokkenläuten, lief ich hinunter in den Hof, und während oben noch alles schlief, stimmte ich in der Stalltür ein mächtiges Geschrei an. Ich, ein Junge von neun Jahren, war ein großartiger Heuchler. Ich schrie nach Leibeskräften. »Ein Einbruch! Ein Einbruch! Meine Hasen sind gestohlen!«

Oben öffneten sich die Fenster, meine Mutter schaute zuerst heraus und gleich hinter ihr das Gesicht meines Vaters.

»Was machst du denn da unten?« rief mein Vater.

»Die Hasen! Die Hasen!«

»Was ist?«

»Meine Hasen sind gestohlen!«

Nachdem ich das gesagt hatte, begann ich mörderisch zu brüllen und zu schreien, und als mein Vater heruntergelaufen kam, brachte ich sogar das Kunststück fertig, richtige Tränen zu weinen. Mein Vater besah sich den Schaden und begann, mich sofort zu trösten. Er sprach sehr ernst auf mich ein. Und da geschah das Sonderbare. Ich begann auf einmal, mich des schnöden Spieles zu schämen. Das kam ganz blitzartig. Bisher hielt ich es für ein Ritterstück, jetzt, als ich die Arme meines Vaters um mich spürte, wie er mich an sich drückte, empfand ich mein Bubenstück als besonders schmachvoll.

»Das ist ein schwerer Verlust für dich, mein Junge«, sagte mein Vater, »die schönen Hasen, die du so lieb hattest! Sonderbar nur, daß die große Stalltür nicht aufgebrochen ist. Wie mag der Dieb nur hereingekommen sein?«

»So ein Schuft! So ein gemeiner Dieb!« heulte ich.

»Ja, eine gemeine Tat ist es schon«, sagte mein Vater. »Lügen und Stehlen – mit Lügen fängt es an, mit Stehlen hört es auf –«

Ich mußte mein schändliches Spiel zu Ende spielen. »Meine schönen Hasen!« jammerte ich.

»Was geschehen ist, ist geschehen«, sagte mein Vater und hob mit der Hand mein Kinn hoch, daß ich ihm in die Augen sehen mußte, »aber ich habe einen Trost für dich.

Du hast bald Geburtstag. Ich wollte dir zu deinem Geburtstag ein Fahrrad schenken. Das kaufen wir schon morgen, und dann scheint die Sonne wieder. Einverstanden?«

Das war zuviel für mich. Ein Fahrrad, mein sehnsüchtigster Wunsch! Hatte ich mich schon vorher meiner Schandtat geschämt, jetzt begann ich, wirklich zu weinen; die echten Tränen lösten die falschen ab. Ich schämte mich so tief vor meinem Vater, der mich für meine Untat noch belohnen wollte, ich durfte das Fahrrad nicht annehmen, ich konnte es nicht annehmen, ich hatte meinen Vater angelogen, und er hatte so reagiert. Am liebsten wäre ich in den Boden gesunken. »Vater, ich will kein Fahrrad mehr!«

»Doch«, sagte mein Vater, »du brauchst es.«

»Ich brauche es nicht! Ich brauche es wirklich nicht!«

»Du wirst es brauchen«, sagte mein Vater, »schon morgen. Denn du mußt hinüber zur Biela fahren, zur Grimmschen Wiese, um den Flachssack wieder zu holen, den du in der Nacht dort liegen gelassen hast . . .«

Ich habe nie erfahren, woher mein Vater das alles wußte. Mein ganzes Leben habe ich mir vorgenommen, ihn danach zu fragen, aber ich kam nicht dazu. Vielleicht hatte er mich bereits bei meinen Vorbereitungen beobachtet, vielleicht war er auch am Samstag gar nicht aus dem Haus gegangen und mir heimlich gefolgt – aber von dieser Stunde an liebte ich meinen Vater und wußte, daß mein Vater auch mich liebt. Ich habe ihn nie wieder angelogen. Das war die letzte Lüge in meiner Kindheit. Und die zwei Ohrfeigen, die er mir hinterher gab, waren für mich wie eine Erlösung, wie eine Freisprechung.

Der Jubelruf

Ich weiß nicht, welche von den beiden Kindersorten sich leichter großzieht: Jungen oder Mädchen. Kleine Mädchen reden mehr, und kleine Jungen stellen dafür mehr Dummheiten an, für die man als Vater geradestehen muß. Man liebt sie gleichermaßen, die Mädchen und die Knaben, die Siebenjährigen, die Achtjährigen, die Neunjährigen, die mit allen ihren Anliegen zu uns kommen und stets das Wort Vater davorsetzen:

»Vater, darf ich mit Max schwimmen gehen?«

»Das Wasser ist noch zu kalt.«

»Vater, darf ich mit Martin auf den Fußballplatz?«

»Hast du deine Schularbeiten schon gemacht?«

»Vater, schenkst du mir zu meinem neunten Geburtstag ein Fahrrad?«

Das Fahrrad bekam er, zu seinem neunten Geburtstag, der kleine Klaus Igler, Einziger des Bankkassierers mit Prokura Franzjosef Igler, eines überaus ehrengeachteten Bürgers, wohnhaft im zweiten Stock eines Wohnblocks in der Parkstadt. Sechzehn Häuser mit fünf Etagen, eines wie das andere, im Rechteck zusammengebaut, mit einem großen kiesbestreuten Hof in der Mitte, auf dem die Kinder der dort lebenden Familien spielten, beaufsichtigt von den Müttern, die ringsherum auf ihren bunten Küchenbalkonen saßen. Der kleine Klaus bekam das gewünschte Kinderfahrrad, der Vater hatte tief in die Tasche gegriffen. Er hatte das beste Rad vom Händler für seinen Jungen heimgeschoben, ein Markenfahrrad mit allem Zubehör, denn wenn man seinen Kindern etwas schenkt, soll man die Mark nicht anschauen, das Beste ist gerade gut genug für die kleine heranwachsende Gesellschaft, das Beste bürgt für die Sicherheit und Gesundheit unserer Kinder. Aber der kleine Klaus bekam noch etwas von seinem Vater dazu, das heißt, er mußte etwas dafür hergeben: das feste Versprechen, das Kinderehrenwort, nicht aus dem Hof hinauszufahren, im Abgegrenzten zu bleiben und keinesfalls auf die Straße hinauszufahren, wo die Autos vorüberrollten.

»Ehrenwort, Vater!«

»Ich verlasse mich auf dich, Junge!«

»Großes Ehrenwort, Vater!«

Ein Kinderehrenwort, das ist so eine Sache. Man wird ja in diesen Wochen jeden Monat um ein Jahr erwachsener, da sind dreißig Tage eine gewaltige Spanne Zeit, und wenn man dreißig Tage immer nur mit seinem Rad im Hof rundherum und kreuz und quer gefahren ist, verlockt einen das große offenstehende Tor schon einmal zu einer Ausfahrt auf die Straße hinaus. Schon damit die Leute einen sehen, der Bäcker, wo man für Mutti die Brötchen holt, der alte Käfer, der Feinkost-Käfer, wohin einen die Mutter gelegentlich nach einem halben Pfund Aufschnitt schickt, wenn überraschend Besuch kommt, der Zeitungshändler an der Ecke, wo man am Sonntagmorgen für Vater die Zeitung holt – damit also die Leute sehen, daß man ein Fahrrad besitzt und so ein schönes noch dazu. Da verliert das Kinderehrenwort, das man in grauer Vorzeit dem Vater gegeben hat, an Gewicht, und plötzlich ist man aus dem Tor und radelt draußen auf der Straße, nicht sehr weit, aber doch im Umkreis herum, steigt ab, steigt auf, klingelt mit der schönen silbernen Klingel, denn wenn man nicht klingeln möchte, wozu hat man sie dann, die doch das Schönste am ganzen Fahrrad ist? Nachdem der kleine Klaus ein paarmal seinen Radausflug auf die Straße unternommen hatte, erfuhr es der Vater.

Es gibt Väter verschiedener Güteklassen, strenge und nachsichtige, grobe, die mit einer Kopfnuß schnell bei der

Hand sind, und andere wieder, die ihren Kindern mit Vernunft das Unvernünftige auszureden versuchen. Franzjosef Igler war ein Mustervater, das muß man schon sagen, überaus korrekt und auf den guten Ruf bedacht, vor allem in der Nachbarschaft, Bankkassierer mit Prokura, das verpflichtet zu bestem Bürgertum, und alle Leute grüßten ihn gern, wenn sie ihm auf der Straße begegneten. »Über uns wohnen Iglers«, sagten die Nachbarn, »benehmt euch ordentlich im Treppenhaus.«

Vater Igler erlaubte beispielsweise seinem Jungen nicht das robuste Fußballspiel, das die anderen Jungen auf einer nahen Wiese jeden Nachmittag trieben. Er war einfach dagegen, aus seinem korrekten Bürgertum heraus, die Kinder gewöhnten sich dabei das Raufen an und das Recht des Stärkeren, verloren an Sittsamkeit, wenn man jeden Nachmittag so laut schreien kann, wie man will. Sogar einen eigenen Fußballklub hatten die Neun- und Zehnjährigen aus den Häusern ringsum bereits gegründet, »Sport 111« nannten sie sich, und wenn auch der Klub noch nirgends eingetragen war, so nahmen die Jungen ihn doch schrecklich wichtig, hatten Mitgliedsnummern und Klubkarten und einen eigenen Ball.

Als nun der Vater, so sehr auf seinen Ruf bedacht, daß er seinem Jungen sogar das Fußballspiel verbot, von der Missetat seines Neunjährigen erfuhr, nahm er ihn sich vor und sagte: »Man hat dich auf der Straße mit deinem Rad gesehen, Klaus. Wie steht es damit? Irren sich die Leute, oder stimmt es?«

»Wer hat mich denn bei dir verklatscht?«

»Niemand hat dich verklatscht. Unser Schutzmann hat dich gesehen. Er hat dich aufgeschrieben und war heute bei mir.«

»Ach – der!«

»Du weißt, daß es für kleine Jungen verboten ist, mit

dem Rad auf die Straße zu fahren. Wenn einer etwas Verbotenes tut, kommt er ins Gefängnis. Da er dich als Kind noch nicht einsperren kann, werde ich bestraft, weil ich auf dich nicht besser aufgepaßt habe. Ich muß also« – hier log der Vater aus guten Gründen – »deinetwegen jetzt vier Wochen ins Gefängnis.«

»Bei Wasser und Brot?«

»Bei Wasser und Brot!«

Was sich jetzt abspielte, war eine kleine Familientragödie. Der Vater hatte unbedingt den Eindruck, daß der Junge nie mehr mit dem Rad auf die Straße fahren würde, so tief schien es ihn zu erschüttern, daß der Vater seinetwegen bei Wasser und Brot im Gefängnis sitzen mußte. Damit war eigentlich die erzieherische Aufgabe dieser Notlüge erfüllt, dachte sich der Vater. Er würde später eine Ausrede erfinden, daß man ihn begnadigt habe, aber zunächst sollte der Junge getrost ein paar Tage darunter leiden, daß sein Vater wegen der Unfolgsamkeit des Sohnes eingesperrt würde. Er ging also zufrieden aus dem Zimmer, aber er hatte nicht mit den Folgen gerechnet, die er sogleich erleben sollte.

Als er kurz darauf unten über den Hof ging, auf dem in der Dämmerung des Tages die Jungen spielten, und als die Balkone an allen Häusern wegen der Wärme des Abends voll besetzt waren, hörte er plötzlich von oben den Jubelruf seines Jungen, der aufgeregt aus dem Küchenfenster zu den anderen Kindern hinunterschrie: »Franz! Fritz! Peter! Martin! Hört mal alle her! Mein Vater muß vier Wochen ins Gefängnis! Jetzt kann ich euerm Fußballklub beitreten!«

Die Fabrikneuen

Es war mit meinem Sohn Axel nicht mehr auszuhalten. Kaum achtzehn Jahre ist der Junge alt, aber seitdem er in den Klub ging, was ich ihm zugebilligt hatte, einen Klub mit anderen Jugendlichen seines Alters, alles Söhne und Töchter aus befreundeten Familien, der Klub selbst in den Kellerräumen eines wohlrenommierten, bürgerlichen Kaffeehauses gelegen, war mein Junge wie verwandelt. Es hatte ganz harmlos begonnen.

»Vater, darf ich auch Klubmitglied werden?« hatte er mich gefragt.

»Was ist denn das für ein Klub?«

»Wir Jungen in der Schule wollen einen Klub gründen, wo wir unter uns sind, musizieren, debattieren, Schach spielen, auch tanzen –«

»Und wie heißt euer neuer Klub?«

»Die Fabrikneuen!«

Das hätte mir gleich zu denken geben sollen.

Sechs Wochen ging Axel jetzt schon in seinen Klub.

Unsere Gespräche wurden ein wenig unverständlich.

»Kann ich heute mit einem Gebiß in die Scheune gehen? Da gibt es den letzten Heuler mit der Heulboje Eddie Constantin.«

»In die Scheune?«

»In den Schuppen, in den Illusionsbunker, ins Kino, Regierung.«

»Mit einem Gebiß?«

»Drei steile Zähne, Regierung. Ein steiler Zahn ist ein duftes Mädchen. Und drei steile Zähne nennen wir im Klub ein Gebiß, Regierung.«

»Wer ist Regierung?«

»Regierung, das bist du. Bei uns im Klub sagen wir nur noch Regierung. Klingt doch viel besser als meine Eltern und mein Vater. Du solltest ruhig ein wenig umlernen, Regierung. Ihr mit eurer altmodischen Ausdrucksweise –«

So fing es an. Es kam noch besser. Der Klub machte Fortschritte.

»Das war gestern abend eine richtige Zentralschaffe! Wir haben ein Faß aufgemacht. Dem Himbeerheini, dem Harry vom Knochenklempner, haben wir einen Zahn ausgeschraubt, die anderen Mordszähne sind auch alle umgestiegen, und dann auf die Anschmeiße mit Überhebe und so . . .«

Ich erfuhr, bescheiden fragend, daß sie gestern im Klub einen Tanzabend gehabt hatten, dem Sohn des Arztes ein Mädchen abspenstig gemacht, die Mädchen beim Tanzen gewechselt und dann sehr eng Wange an Wange mit Überschlag getanzt hatten. Nun ja, sagte ich mir und überlegte, was als Vater zu tun sei.

Als mein Junge heute aus der Schule kam, empfing ich ihn so: »Hallo, Typ! Willst du mein schnelles Sofa waschen?«

»Deinen Brummer, Regierung?«

»Ja. Meine Asphaltblase.«

»Gibt's dafür 'ne Zigarette?«

»Ja, aber nur eine kastrierte Lulle!«

Mein Sohn staunte über meine Sprachkenntnisse. Ich stieg in seiner Achtung. Ich wollte noch höher steigen.

»Ich bewege mich jetzt zum Haarquäler«, sagte ich, »mir eine koreanische Peitsche schneiden zu lassen. Findest du nicht, daß mein vergammeltes Pennerkissen längst herunter gehört?«

Mit anderen Worten: Ich wollte zum Friseur, mir mein langes Haar auf kurz schneiden zu lassen. Ich hatte lange studiert, wie sie es nannten.

»Wo ist mein Scheitelschoner?« fragte ich und sah mich um.

»Dein Hut hängt neben dem Telefon, Regierung.«

»Richtig! Neben der Flüstermaschine. Flüstere nicht wieder in der ganzen Gegend herum, wenn ich nicht im Stall bin. Weißt du übrigens, was Briketts schieben heißt?«

Diesmal war ich meinem Jungen über.

»Nein«, gestand er. »Was ist das?«

»Sich die Hände schütteln. Schieben wir also Briketts. Auf morgen!«

Das ging so eine ganze Zeit. Ich versuchte, meinen Sohn zu übertrumpfen. Ich wollte in seinen Augen nicht als halbes Hemd, als lahmer Koffer und als trübe Tasse dastehen. Mein Sohn begann allmählich, sich für mich wegen meiner Sprechweise zu genieren. Vor allem, wenn wir unter Erwachsenen waren. An einem Donnerstag kam er zu mir.

»Hättest du etwas dagegen, Regierung, wenn ich nächsten Sonntag meinen Stammzahn in unseren Stall einlade?« fragte er.

Ich tat erstaunt. »Wieso? Gehst du nicht mehr auf die Anschaffe? Organisierst du keine Pullover mehr? Was hast du dir denn für eine Wuchtbrumme aufgerissen?«

Mein Sohn wurde richtig verlegen. »Das ist kein Mädchen aus dem Klub, Vater.«

»Aha! Eine richtige Bediene also, eine Fabrikneue, wie ihr sagt?«

»So kannst du von dem Mädchen nicht sprechen, Regierung. Ich habe sie vorigen Sonntag kennengelernt und auf dem Motorrad ein Stück mitgenommen.«

»Und dein alter Auspuffzahn?« fragte ich. »Ist der jetzt eine kranke Geige geworden? Früher war das doch eine dufte Kante, eine steile Bluse, wie du immer sagtest?«

»Vater, bitte, sei nett zu dem jungen Mädchen, wenn sie kommt.«

»Wann wird sie denn antanzen, deine Wuchtbrumme, dein Überzahn?«

Mein Junge war dem Weinen nahe. »Vater, bitte, wenn

Eva bei uns ist – ich möchte doch stolz auf dich sein, mit ihr kannst du nicht so reden – was soll sie denn von dir, von meinem Vater denken, wenn sie diese Ausdrücke von dir hört?«

Ich strich mir über meine neugeschnittene Koreapeitsche. »Nun schnall mal nicht gleich ab«, sagte ich gemütlich, »sie wird wahrscheinlich das Gleiche über mich denken, was ich mir über dich gedacht habe, als du mich mit diesen Ausdrücken beehrtest – endlich eine moderne Regierung, wird sie sich sagen, Gott sei Dank kein lahmer Koffer, kein Unhahn!«

»Vater, bitte!«

»Ja?« sagte ich und schaute meinen Jungen erwartungsvoll an.

»Könntest du nicht – wollen wir zwei nicht, so wie früher – du verstehst mich schon – reden wir doch wieder richtig miteinander, wie früher.«

Da nickte ich meinem Sohn froh zu und sagte: »Da bin ich aber gebügelt! Komm, reich mir dein Brikett, du geliebte trübe Tasse! Dann ist ja alles im Koffer – und jetzt, bring sie mir, das Mädchen deines Herzens, mein Junge, mein geliebter Sohn . . .«

Ein Pfennig

»Wer den Pfennig nicht ehrt, ist des Talers nicht wert.«

»Was ist ein Taler, Mama?«

»Ein großes Stück Geld.«

»Was ist Geld, Mama?«

»Geld ist etwas, wofür man etwas einkaufen kann.«

»Was ist einkaufen, Mama?«

Frau Weidner strich ihrem fragelustigen Jungen, fünf Jahre alt, über den Kopf. »Du warst doch schon mit mir beim Bäcker, Butz. Der Bäcker gibt mir ein Brot, und ich gebe ihm dafür Geld.«

»Das, was du in deinem braunen Portemonnaie hast?«

»Ja. Wofür ich beim Fleischer Fleisch und in der Molkerei Milch kaufe.«

»Mama, warum habe ich kein Geld?«

»Geld muß man verdienen. Dafür muß man arbeiten.«

»Was ist Arbeit, Mama?«

»Du wirst es früh genug lernen. Schon in einem Jahr, wenn du in die Schule kommst.«

»Dafür bekomme ich dann Geld?«

»Für Schularbeiten nicht. Aber wenn du beispielsweise auf dem Balkon die Blumen gießt –«

Das hätte die Mutter nicht sagen sollen. Denn fünf Minuten später schwamm die Küche, im Wohnzimmer standen Pfützen, und unter dem Balkon schimpften die Leute hinauf, die einen Schwapp Wasser auf den Kopf bekommen hatten.

»Mama, ich habe die Blumen gegossen!«

Frau Weidner beseitigte den Schaden, was bleibt einer Mutter übrig, sie entschuldigte sich vom Balkon herunter und hielt ihren Jungen, den Missetäter, hoch, damit die Leute ihn sahen und ihm verziehen, dann holte sie einen Lappen, wischte Küche und Zimmer auf und seufzte:

»Mein Gott, Butz! Wann wirst du endlich vernünftig werden?«

»Bekomme ich jetzt Geld, Mama?«

»Geld? Wofür?«

»Ich habe doch die Blumen auf dem Balkon gegossen.«

Da mußte die Mutter lachen, griff ins Portemonnaie und gab dem Jungen einen Pfennig.

Der erste Pfennig, das erste Geldstück in der Hand eines Fünfjährigen, der erst vor einer Woche fünf Jahre alt geworden war, hat eine besondere Bedeutung. Der Junge ließ ihn nicht aus der Hand, fest preßte er ihn, ganz warm war schon der Pfennig, und immer wieder öffnete er die Hand, um zu sehen, ob er noch darin war. Dann lief der Junge zur Tür und rief: »Ich gehe jetzt einkaufen, Mama!«

»Aber lauf nicht auf die Straße!«

Schon fiel die Tür ins Schloß, und draußen war der Junge. Er lief die Treppen hinunter, den Fahrstuhl benützte er nicht, Vater war einmal mit ihm beim Hinauffahren im Fahrstuhl hängen geblieben, und das kurz vor dem Mittagessen, seitdem machte der kleine Butz einen großen Bogen um die Fahrstuhltür. Vor dem Haustor angekommen, machte er noch einmal die Hand auf, um sich zu überzeugen, ob sein Pfennig noch darin war, dann stiefelte er los, über den Kinderspielplatz hinüber, wo Christinchen, ein Jahr älter als er, im Sandkasten spielte.

»Spielst du mit, Butz?«

»Keine Zeit!« sagte er, wie sein Vater, wenn Butz mit ihm spielen wollte, und fühlte sich schon sehr erwachsen.

»Wohin gehst du?«

»Zum Bäcker. Einkaufen!«

Wenig später stand er mit seinem Geld im Laden des Bäckers. »Ich habe Geld!« sagte er.

»Bist du nicht der kleine Butz von Weidners?« fragte die Bäckerin freundlich.

»Ich heiße Bernhard!« sagte Butz. Wenn einer Geld hat, will er respektiert und mit seinem vollen Namen angeredet werden.

»Und was möchtest du, Bernhard?«

Der Junge legte stolz seinen Pfennig auf die weiße Ladentafel. »Vieles! Alles, was Sie haben. Und den Rest geben Sie mir dann heraus.«

Der Pfennig lag wie eine Verlockung.

»Möchtest du ein Stück Kuchen?«

»Eine Brezel aber auch. Ich habe gearbeitet und habe Hunger.«

Da schnitt die Bäckerin ein großes Stück vom Kuchen, nahm eine Brezel aus dem Korb, reichte beides dem Jungen und sagte: »Ich kann im Augenblick nicht herausgeben. Darum schenke ich dir den Kuchen und die Brezel. Da, nimm deinen Pfennig wieder und grüß deine Mutti daheim!«

Ein Stück Kuchen und eine Brezel hinterher – das ist ein Kinderspiel für einen gesunden Jungen, sie in wenigen Bissen auf der Straße zu verschlingen. Bei dem Rest der knusprigen Brezel unterbrach er seine Mahlzeit, denn er war gerade vor dem Fleischer angekommen, bei dem seine Mutter immer einkaufte, und starrte auf die Würste, die im Schaufenster lagen.

»Jetzt kaufst du dir eine Wurst zu deiner Brezel, Bernhard Weidner!« sagte der kleine Butz zu sich, denn wer Geld hat, kann sich jeden Wunsch erfüllen. Er trat ein. »Ich möchte eine Wurst zu meiner Brezel«, sagte er.

»Welcher Art?«

»Eine große!« sagte der Junge.

»Hast du auch Geld mit?«

Der Junge legte den warmen Pfennig aus seiner Hand auf den Tisch. »Für den ganzen Pfennig Wurst. Aber gut wiegen!«

»Bist du nicht der Junge von Frau Weidner?«

»Ihr einziger!«

Da schnitt der Fleischer eine kleine Mettwurst vom Kranz und reichte sie dem Jungen.

»Was bin ich dafür schuldig?« krähte der Junge. Er hatte diesen Satz oft von seiner Mutter gehört, wenn sie ihn zum Einkaufen mitgenommen hatte.

»Das Wiederkommen!« sagte der Fleischer. »Da – schieb deinen Pfennig wieder ein!«

»Können Sie auch nicht wechseln?«

»Ein Pfennig wechselt sich so schwer«, sagte der Fleischer gutgelaunt, »da – nimm schon und hau ab!«

Zweimal war der kleine Butz seinen Pfennig nicht losgeworden. Er begann ihn mißtrauisch zu betrachten. Was war mit ihm? War es kein richtiges Geld? Konnte man damit nicht einkaufen? Nachdem er den Rest der Brezel und die Wurst verzehrt hatte, machte er einen neuen Versuch. Aber er war seiner Sache gar nicht mehr so sicher, als er seinen Pfennig auf die Ladentafel des Milchgeschäftes legte. »Bitte ein Eis!« sagte er.

Die Milchfrau hatte den Pfennig noch nicht gesehen. Sie drehte sich um zum Eiskasten und fragte: »Ein großes? Ein kleines?«

»Für einen Pfennig.«

Die Milchfrau erstarrte mitten in ihrer Bewegung. Sie drehte den Kopf zu dem kleinen Kunden: »Für einen Pfennig?«

»Ja. Für den ganzen.«

Da erkannte sie den Jungen, es kam wieder Bewegung in ihre dralle Taille, sie griff in die Kiste und holte ein großes Eis hervor. »Da. Ich schenke es dir. Nimm dein Geld zurück. Und grüß deine Mama, kleiner Butz!«

Jetzt wollte der Junge schon nicht mehr Bernhard genannt werden, er war den Tränen nahe und fragte, fast unter Schluchzen: »Ist denn das kein richtiges Geld?«

»Doch. Aus Pfennigen, wenn man sie zusammenspart, werden Taler. Also, spar ihn!«

Von Talern hatte schon die Mutti daheim gesprochen. Also mußte der Pfennig doch echtes Geld sein. Aber ganz sicher war er seiner Sache nicht mehr, und er mußte ein paarmal die Nase hochziehen, in der noch der Beginn des Weinens saß, während er vor der Ladentür das Eis vom Stecken schleckte. Dann ging er, den Pfennig noch immer in der Hand, nach Hause, und als er an Christinchen vorbeikam, die immer noch im Sand spielte und den Sand in kleine Tüten füllte, blieb er hinter ihr stehen und sah ihr lange zu. Dann warf er sich ziemlich heftig neben sie in den Sand und sagte: »Ich spiele mit!«

»Das geht nicht«, sagte das Mädchen.

»Warum nicht?«

»Ich spiele Kaufmannsladen. Dazu mußt du Geld haben, um einzukaufen.«

»Ich habe Geld.«

Christinchen schaute mißtrauisch. »Du? Ich glaube dir nicht.«

»Soll ich es dir zeigen?«

»Echtes Geld?«

»Einen Pfennig.«

Christinchen nahm den Pfennig in die Hand, wog ihn, drehte ihn nach allen Seiten und sagte: »Was soll's denn sein?«

»Was hast du?«

»Sand. Feinen Sand.«

»Und wieviel gibt es für einen Pfennig?«

»Eine große Tüte!«

Das kleine Mädchen behielt den Pfennig, schob ihn in ihre Schürzentasche und überreichte dem kleinen Kunden eine große Tüte Sand.

»Danke!« sagte Butz.

»Beehren Sie mich bald wieder!« sagte das Mädchen.

So kam es, daß Butz doch noch einen richtigen Einkauf machte und das Vertrauen zu seinem Pfennig wiedergewann. Er trug die Tüte Sand nach Hause, stellte sie zu seinen Spielsachen, und als eines Tages die Tüte, die er oft stolz zur Hand nahm, platzte, holte er sich aus der Küche eine neue Tüte und kehrte sorgfältig Sandkorn für Sandkorn hinein, daß keines verlorenging. Denn was der Mensch mit seinem erarbeiteten Geld gekauft hat, behält seinen Wert über die Jahre hinaus. Und wenn es nur eine Tüte Sand vom Kinderspielplatz ist.

Die Kamera

»Ich habe einmal ein sehr trauriges Weihnachten verlebt«, sagte Anneliese H., einunddreißig Jahre, glücklich verheiratet und Mutter von zwei Kindern, »das ist schon viele Jahre her, ich war damals neun oder zehn Jahre alt, ein Kind also noch. Ich liebte meinen Vater abgöttisch. Er ist auch heute noch der Inbegriff alles Guten und Schönen. Ich weiß noch genau, wie ich ihm ein Jahr zuvor zu Weihnachten aus meiner kindlichen Vorstellung heraus, ihm etwas ganz besonders Schönes zu schenken, das er nur für sich brauchen konnte und dies täglich, Bieruntersetzer bemalt hatte, Bierdeckel aus starker Pappe, die ich selbst ausgeschnitten hatte und mit den Inschriften ›Wohl bekomm's!‹, ›Ein Prosit der Gemütlichkeit!‹ und ›Hopfen und Malz, Gott erhalt's!‹ in bunten Farben bemalt hatte. Sogar ein orthographischer Fehler war mir dabei unterlaufen, ich hatte ›Malts‹ geschrieben, und das amüsierte Papa besonders. Ich war sehr stolz auf mein Geschenk und nahm fest an, daß er täglich am Abendbrottisch einen meiner Bierdeckel unter sein Glas legen würde. Er tat es nicht, oder wenigstens nur einmal, am Heiligen Abend, dann wanderten meine Bierfilze in den großen Schrank, und ich sah sie nie wieder.

Ich weiß nicht, ob wir Erwachsenen uns heute die Enttäuschung eines Kindes vorstellen können, das erkannt hat, dem Vater etwas völlig Unnützes geschenkt zu haben, das er offensichtlich nicht brauchen kann. Ich nahm mir daher vor, Vater nächstes Weihnachten ein ganz besonderes Geschenk zu machen, worüber er sich wirklich freuen würde und das er sich wünschte. Schon dieser Entschluß ließ mich meinen Kummer über die verschwundenen Bierdeckel vergessen, und ich paßte wie ein Luchs auf, ob Vater einmal im Gespräch einen Wunsch äußerte, was er noch nicht hatte und gern besäße. Mitten im Januar wußte ich es. Vater sagte, während wir bei Tisch saßen: ›Schade, daß ich keine Kamera habe! Was könnte ich für schöne Bilder von euch allen und vor allem von den Kindern machen!‹ Von dieser Minute an wußte ich, daß ich Vater nächstes Jahr zu Weihnachten eine Kamera schenken würde.

Schon am nächsten Morgen blieb ich auf dem Schulweg vor einem Fenster stehen, in dem Fotoapparate lagen, und auf dem Heimweg trat ich in den Laden ein. Ich weiß es noch wie heute, ich war mächtig aufgeregt und kam mir sehr abenteuerlich vor. Ich hatte mein rotes Schulkleid an, einen blauen Mantel darüber, und mein Haar war mit einer roten Schleife zusammengebunden.

›Was soll es denn sein, mein kleines Fräulein?‹ fragte der Mann, dem der Laden gehörte.

›Ich möchte gern einen Fotoapparat.‹ Wahrscheinlich krähte ich es, denn ich erinnere mich, es verschlug mir mitten im Satz die Stimme, und ich mußte ihn noch einmal von vorn beginnen. ›Ich möchte gern einen Fotoapparat kaufen.‹

›Soll es etwas Besseres sein?‹

›Ja. Es ist für Vater.‹

Da holte der Mann hinter sich aus dem glasbedeckten Regal, dessen Fenster er zur Seite schob, eine Kamera hervor und legte sie vor mich auf den Tisch.

›Macht sie auch schöne Bilder?‹ fragte ich.

›Die schönsten, die du dir denken kannst.‹ Er zeigte mir eine Reihe Aufnahmen von dieser Kamera.

›Und was kostet sie?‹

›Hundertzwanzig Mark‹, sagte der Mann hinter dem Ladentisch.

Das war für mich eine verzweifelte Situation. Ich

schämte mich sehr, als ich jetzt mit unsicherer Stimme sagen mußte: ›Gibt es auch etwas weniger Besseres?‹

›Natürlich. Hier ist eine Kamera, die kostet nur zweiundsiebzig Mark.‹

›So viel kann ich auch nicht bezahlen. Ich bekomme nur dreißig Pfennig Taschengeld in der Woche.‹

›Du willst die Kamera deinem Vater schenken?‹

›Ja‹, sagte ich, ›im Dezember – nächstes Weihnachten. Er wünscht sich eine, brennend –‹ Woher ich das Wort hatte, wer weiß das bei Kindern.

Da holte mir der Mann eine Box unter dem Ladentisch hervor und sagte: ›Dann ist das vielleicht das Richtige für dich.‹

›Was kostet sie?‹

›Fünfzehn Mark. Und wenn du etwas Besonderes tun willst, nimmst du eine Tragtasche für sieben Mark fünfzig dazu, diese hier –‹

›Ist das Leder?‹

›Beinahe. Jedenfalls sieht es so aus.‹

Dann zeigte er mir noch ein ganzes Album mit Bildern, die mit einer solchen Box aufgenommen waren, und sie waren genauso schön, manche sogar noch größer als die aus der teuren Kamera. Wir einigten uns schnell. Ich kaufte diese Box auf Raten. Sie sollte hier im Laden bleiben, und ich versprach, jede Woche dreißig Pfennig, mein ganzes Taschengeld, herzubringen, vielleicht auch noch etwas mehr, um die Tasche, die wie Leder aussah, dazukaufen zu können. Mir klopfte das Herz bis zum Hals, als ich den Kaufvertrag mit meinem vollen Namen unterschreiben mußte, Anneliese Rothenberger schrieb ich. Ich schrieb sonst wesentlich schöner und gleichmäßiger, aber ich war zu aufgeregt, und der fremde Federhalter war mir ungewohnt, so daß die Buchstaben am Ende doppelt so groß waren wie am Anfang meines Namens.

Es folgte ein sehr aufregendes Jahr für mich. Jede Woche brachte ich mein Taschengeld in diesen Laden, ich kaufte mir nichts, kein Bonbon, kein Albumblatt, kein Abziehbild, was ich sonst immer gern getan hatte. Ja, ich trug sogar jedes Zehnerl, das ich Mutti für ein Eis abgebettelt hatte, zu ihm hin, und wenn Mutti mir im Sommer dreißig Pfennig gab, um mit den anderen Schulkindern schwimmen zu gehen, blieb ich draußen vor den Planken des Bades auf der Bank sitzen und machte nur mein Badezeug naß, damit Mutti es nicht merkte. Und wieder waren so dreißig Pfennig auf Vaters Weihnachtsgeschenk abgezahlt, einmal sogar eine ganze Mark, die mir Mutti für einen Zirkusbesuch am Sonntagnachmittag zugesteckt hatte. Ich hörte nur die Zirkusmusik aus dem Zelt heraus und studierte eifrig das Plakat über der Kasse, um daheim erzählen zu können, was ich gesehen hatte. Das war schon ein schweres Opfer für mich, denn da drinnen wurden Löwen gezeigt und echte Elefanten, und wenn die Clowns auftraten, lachten alle Kinder da drinnen so laut und vergnügt, daß ich beinahe wankend wurde, ob ich nicht doch noch hineingehen sollte. Dann aber dachte ich an meinen Vater, wie lieb ich ihn hatte und wie er mir immer übers Haar strich, wenn er heimkam. Ich widerstand der Versuchung, und am nächsten Morgen konnte ich es schon wagen, mich das erste Mal bei dem Mann, der meine Kamera verwahrte, zu erkundigen, wieviel ich noch darauf zu zahlen hatte.

Dann kam eine Zeit, wo ich nichts abzahlen konnte. Ich war mit meinen Eltern in die Ferien gefahren, und mein Vater wünschte, daß ich den Großeltern und meinem Lehrer von meinem Taschengeld, das über die Ferien auf fünfzig Pfennig erhöht worden war, eine Ansichtskarte schrieb. Einmal mußte ich meinem Vater auch eine Zeitung vom Bahnhof holen; er vergaß ganz, mir das verauslagte Geld wiederzugeben, und mehr als zweimal wollte ich ihn nicht darum bitten. ›Betrachte dann die Zeitung als Geschenk von mir‹, sagte ich, er gab mir dafür lachend einen Kuß, aber die zwanzig Pfennig für die Zeitung fehlten mir dann in meinem Etat sehr.

Am Tag vor dem Heiligen Abend war die Kamera und die Tasche, die aussah wie echtes Leder, bis auf den letzten Pfennig abbezahlt. Der Kaufmann verpackte mir mein Geschenk in schönes Weihnachtspapier und machte eine goldene Schleife um das Paket. Mir selbst machte er noch ein Geschenk, eine kleine Lupe, durch die man die Bilder betrachten und vergrößert sehen konnte.

Ich war sehr aufgeregt, als ich das Paket heimlich unter meinem Mantel in unsere Wohnung hinauftrug und tief in meinem Bett versteckte. Ich würde sicher die ganze Nacht nicht schlafen können, so sehr freute ich mich auf morgen, auf den Heiligen Abend, auf die Bescherung, was mein Vater wohl für Augen machen würde, wie sehr er sich über die schöne Kamera freuen würde, die er sich so wünschte, und über die Tasche, die aussah wie Leder. Immer wieder tastete ich unter die Bettdecke, ob das dort versteckte Paket noch da war.

›Anneliese! Zum Abendessen! Vater ist da!‹ rief die Mutter von unten. Ich eilte hinunter, Vater war gerade dabei, seinen Mantel auszuziehen, ich nahm ihm seinen Hut und den Mantel ab, hängte beides auf den Haken, und dann traten wir ins Wohnzimmer.

›Noch einen Tag bis Weihnachten! Freust du dich?‹ fragte Vater.

›Sehr, Papa.‹

›Ich auch‹, sagte Vater, ›ich habe heute schon das Christkind getroffen.‹ Damit hob er ein kleines Paket hoch, und seine Augen blitzten übermütig und lustig, als ob ihm gerade eine große Freude widerfahren sei.

Die Mutter kam mit der Schüssel ins Zimmer. ›Kommt! Setzt euch! Das Essen wird kalt!‹

›Ich muß euch erst zeigen, was ich mir soeben zum Christkind selbst gekauft habe‹, sagte der Vater, ›ihr werdet Augen machen.‹ Damit öffnete er geheimnisvoll das Paket und rief: ›Da schaut her!‹ In seiner Hand hielt er eine kostbare Kamera.

Ich weiß nicht mehr, was weiter geschah. Ich habe nie so geschluchzt wie an diesem Abend, ich wünschte mir, nicht mehr auf der Welt zu sein, daß es mir beinahe geglückt wäre. Es war die größte Enttäuschung meines ganzen Lebens, für mich war der Himmel eingestürzt. Meine Eltern, die nicht wußten, was mit mir los war – denn ich brachte kein Wort hervor, so sehr würgte mich das Weinen –, vermochten mich nicht zu beruhigen. Ich weinte und weinte ohne Unterlaß, meine Augen wurden blind, ich bekam Fieber, man ließ noch am Abend den Arzt kommen, und als man mich ins Bett legte, fand Vater die Kamera, meine Kamera, mein Weihnachtsgeschenk für ihn, unter der Bettdecke.

Ich sagte schon, ich liebte meinen Vater abgöttisch. Seit diesem Weihnachten aber liebte ich ihn noch mehr: Ich habe nie die neue Kamera, die er sich gekauft hatte, in seiner Hand gesehen. Er fotografierte in den nächsten Jahren viel, immer aber mit meiner billigen Box für fünfzehn Mark in der Tasche, die aussah wie echtes Leder.«

Der rote Ball

Herr Eugen Mauermann kam mit einem dicken Bündel Zeitungen unter dem Arm zum Abendbrot heim. Es wurde in der Weihnachtszeit von Tag zu Tag später, die Geschäfte drängten, und so kam er erst am Abend zum Lesen der Morgenzeitungen. Aber so schnell lebt ja unsere Zeit nicht, daß man nicht alle guten Nachrichten auch noch am Abend rechtzeitig erführe.

»Wie war heute der Umsatz?« fragte die Frau.

Das war seit Wochen ihr abendliches Grüß Gott, ihre tägliche Begrüßung.

»Danke. Zufriedenstellend.«

Und zwischen den Tellern mit dem aufgeschnittenen Schinken, den Ölsardinen, dem Brot aus dem Toaströster und den gelben Butterröllchen im Eis, wie nebenbei: »Wir müssen langsam an Weihnachten denken, Eugen!«

»Ich denke die ganze Zeit an nichts anderes.«

»Ich meine privat. Für das Kind.«

Herr Mauermann leerte das Weinglas in einem Zug und sagte: »Ach so, das kommt auch noch dazu –«

Rose war acht Jahre alt. Jede Woche einmal ging sie zum Friseur. Ein Kind mit acht Jahren? Die Eltern wollten es so. Man wird nicht umsonst als Kaufhausprinzessin geboren, als einziges Kind eines Großkaufmanns, und kann nicht zeitig genug anfangen, gepflegt auszusehen. Das beginnt bei den Zöpfen und Locken.

»Du mußt einen Wunschzettel an das Christkind schreiben, Rose.«

»Mit Tinte?«

»Ja. Und auf sauberem Papier und ohne Kleckse. Sonst ärgert sich das Christkind. Weißt du schon, was du dir wünschst?«

»Ja, Mama.«

»Sag es!«

»Einen roten Ball.«

»Einen Ball?«

»Ja. Einen roten. So einen, wie Ilse ihn hat.«

Ilse war das neunjährige Kind von den Gärtnersleuten. Voriges Weihnachten hatte sie von ihren Eltern einen roten Ball bekommen. Eines Tages, um die Osterzeit, hatte Rose den Ball im Garten gefunden und steif und fest behauptet, der Osterhase habe ihn ihr gebracht. Aus diesem Kinderstreit wäre beinahe ein Streit der Erwachsenen geworden. Sogar das Wort Kündigung fiel. Aber dann einigte man sich schließlich doch, und Rose mußte den Ball wieder hergeben. Zur Strafe, weil sie gelogen hatte. Aber sie hatte gar nicht gelogen. Sie hatte fest geglaubt, der Osterhase habe den Ball für sie im Gras versteckt. Er lag neben dem Ostereiernest, und woher soll ein Kind die feinen Unterschiede machen zwischen hingelegt und im hohen Gras verloren? Seitdem beschäftigt Rose nur ein Wunsch: so einen Ball zu besitzen, überall rund und überall rot, und wenn die Sonne daraufscheint, kann man sich darin spiegeln.

Vierzehn Tage fehlten noch bis Weihnachten.

Rose hatte ihren Weihnachtswunschzettel an das Christkind längst geschrieben. Mit Tinte und Farbstift. Auf ihrem Kinderbriefpapier, das sie zum Geburtstag bekommen hatte, mit geprägtem Namen, Adresse und der elterlichen Telefonnummer. »Vielleicht wird mich das Christkind anrufen wollen, ob ich mir einen großen oder kleinen Ball wünsche«, dachte sich Rose, darum hatte sie die Telefonnummer mit einem Buntstift unterstrichen. Sonst hatte sie nur geschrieben: »Einen runden roten Ball.« Und einen Ball daneben gemalt. Und ihn ganz mit Rotstift ausgemalt. »Einen runden roten Ball« und mit einem Pfeil danebengesetzt: »Wie diesen!!«

Diesen Brief an das Christkind hatte sie auf ihr Nachtkästchen gestellt. Aber nie kam das Christkind, ihn abzuholen. Jeden Morgen stand er noch dort. Trotzdem auf dem Umschlag mit großer Schrift ganz deutlich zu lesen stand: »An das liebe Christkind!!« Zehn Tage vor Weihnachten stand der Brief immer noch dort. Sicher hat das Christkind vor Weihnachten ebenso viel zu tun wie Papa und Mama, die man in diesen Tagen kaum zu Gesicht bekam.

»Hast du dir schon überlegt, was wir Rose zu Weihnachten schenken?« fragte Herr Mauermann seine Frau am letzten Adventssonntag, im Treppenhaus, schon in Hut und Mantel.

»Rose hat mir irgend etwas gesagt, was sie sich wünscht.«

»Was war es?«

»Ich habe es vergessen. Irgend etwas völlig Unwichtiges. Laß mich mal nachdenken – jetzt weiß ich es wieder – es war ein Ball, ein roter Ball – du erinnerst dich, so ein Ball wie das Kind unten vom Gärtner hat –«

»Den besorge ich dann noch mit«, sagte Herr Mauermann, »ich habe bisher ein Fahrrad für Rose gekauft, ein Kinderrad, dann eine Kinderwaschmaschine, eine Puppengeschirrspülmaschine, eine Trockenschleuder für ihr Puppenwaschhaus, einen elektrischen Puppenherd –«

»Einen Herd habe ich auch schon für sie, dann hat sie eben zwei, oder ich tausche den meinen wieder um.«

»Was hast du sonst noch besorgt?«

»Einen süßen kleinen Pelzmantel für Rose, einen Persianer, und dasselbe Modell nochmals für ihre Puppe, dann für alle Puppen Perücken zum Auswechseln in vier Farben, wie sie heute die Erwachsenen tragen, und noch etwas ganz Entzückendes: einen Teppich für ihre Puppenstube in derselben Farbe und demselben Muster wie der Teppich im Kinderzimmer, mit einem Puppenstaubsauger, der tatsächlich den Staub von dem Puppenstubenteppich wegsaugt, aber das Schönste ist, daß der Teppich das gleiche Rot hat wie der Teppich im Kinderzimmer –«

»Ich möchte ihr noch ein Dutzend Märchenplatten in Englisch, Deutsch und Französisch schenken, das Geschäft sucht mir die Platten aus. Dann habe ich noch ein Puppengrammophon mit richtigen, winzig kleinen Platten, die tatsächlich spielen.«

»Mir ist noch etwas Tolles angeboten worden. Stell dir vor, was es jetzt gibt: das Gutenachtgebet. Das ist eine Schallplatte, die betet mit den Kindern, wenn die Mutter keine Zeit dazu hat. Und zwar mit meiner eigenen Stimme, die wird eigens dazu aufgenommen. Da bete ich mit dem Kind zur Nacht, dann sage ich: ›Jetzt schlaf gut und träum was Schönes, und nun sage mir schön gute Nacht‹ – dann warte ich eine Weile, damit sie gute Nacht sagen kann – und dann sage ich zum Schluß: ›Jetzt schlaf! Der liebe Gott sei bei dir!‹ – findest du das nicht ganz entzückend, Eugen?«

Herr Mauermann fand es zum mindesten praktisch. Er zog seine Handschuhe an. »Ich muß jetzt gehen. Vergiß nicht den roten Ball für Rose!«

»Ich denke, du besorgst den Ball?«

»Also gut – ich übernehme das.«

Am Heiligen Abend – man bescherte sehr früh, denn um acht Uhr kamen schon die Gäste, da war allerhand vorzubereiten, auch wenn die fertigen Platten vom Hotel Imperial geliefert wurden, mit einem Hotelkoch in der Küche zur letzten Vorbereitung und zwei Kellnern, die servierten – stand ein großer Tannenbaum, herrlich behangen, im Zimmer. Der Gärtner hatte ihn aufgeputzt, mit Sternen bestückt, das silberne Lametta hing in so reicher Verschwendung von den oberen Zweigen bis unten, daß man vom Grün fast nichts mehr sah, und unter dem Christbaum im Lichterglanz lagen, fast das ganze Zimmer einnehmend, die Geschenke für die achtjährige Rose. Da fehlte auch nichts aus den Kinderparadiesen der weihnachtlichen Schaufenster, an denen sich die Kinder ihre kleinen Stupsnasen plattdrücken, da lagen Puppen und Bären und alle die modernen Spielzeuge, Starmixer für die Puppenküche, ein Fernsehapparat für die Puppen mit sich bewegenden Bildern, Puppenkommoden, Kleiderschränke mit Puppenkleidern und sogar ein Puppengeschirr winzigen Ausmaßes nach Art des gutgedeckten Tisches, wie man ihn heute in allen Zeitschriften und in den Auslagen der Porzellangeschäfte findet, mit den zusammenpassenden Tellern und Gläsern und Bestecken und Blumen am Tisch, und dies alles im winzigen Puppenformat, eine Sonderanfertigung mit dem erzieherischen Gedanken, die Kinder von klein auf an das gute Tischdecken zu gewöhnen – alles das breitete sich vor den Augen des Kindes aus. Rose kam gar nicht dazu, alles zu erfassen, alles zu bewundern, geschweige es in die Hand zu nehmen, um sich daran zu freuen.

Der Vater sah schon ungeduldig auf die Uhr, beherrschte sich aber und lächelte das Kind an, als wollte er sagen: »Du hast aber gute Eltern, findest du nicht auch?« Dann nickte er seiner Frau zu und deutete mit den Augen auf das Kind und die Tür, als sei es an der Zeit, die Kleine ins Bett zu bringen. Aber die Mutter nahm zunächst keine Notiz davon. Sie stand vor ihrem Gabentisch und sah nur in das kleine, in rotes Leder gebundene Scheckheft, das ihr Hauptgeschenk war, und konnte, als sie die Summe las, ein »Mein Kompliment!« nicht unterdrücken, dann folgte der einzige Kuß, den das Ehepaar im Jahr tauschte, und der Mann sagte nur: »Es war ein gutes Jahr, dieses Jahr!« Dann traten sie beide wieder hinter das Kind, das noch nicht die Hälfte aller seiner Geschenke erkannt hatte, und die Mutter sagte: »Es wird höchste Zeit, Rose, ins Bett zu gehen.«

»Ja, Mama«, sagte Rose folgsam.

»Bedank dich bei Papa!«

»Danke, Papa.«

»Ich komme noch hinüber und sage dir gute Nacht«, rief der Vater ihr nach.

»Ja, Papa.«

Als Herr Mauermann nach einer halben Stunde in das Kinderzimmer hinüberging und an das Bett seines Kindes trat, fand er Rose völlig in Tränen aufgelöst. Sie weinte himmelbewegend. Sie hielt etwas in der Hand, und als ihr Vater näher trat, versuchte sie es schnell unter der Bettdecke zu verstecken.

»Was hast du da?«

»Nichts, Papa, nichts«, weinte das Kind auf.

»Zeig her!«

Folgsam brachte Rose ihre kleine Hand unter der Bettdecke hervor, und in dieser Hand lag, ganz naß von Tränen, mit ihrer kindlichen Schrift beschrieben, der Brief an »das liebe Christkind«, den das Christkind nicht abgeholt hatte. Es war wohl nicht mehr dazu gekommen, auch diesen Wunschzettel einzusammeln, und so wußte das Christkind nicht, daß Rose sich so innig, so aus ganzem Herzen einen roten Ball gewünscht hatte.

Als der Vater den einzigen Wunsch seines Kindes in dem Brief an das Christkind gelesen hatte, erinnerte er sich. »Ach ja, der rote Ball«, sagte er, »den hat das Christkind ja vergessen – nun, ich kaufe dir morgen zwei dafür –«

Aber wenn man sich einen roten Ball vom Christkind direkt gewünscht hat, ist jeder andere Ball nicht dasselbe, und die Tränen fließen weiter.

Es läutet an der Tür

Die Kinder waren noch in der Kirche, und Herr Massing schmückte gerade den Weihnachtsbaum – er hatte einen kleinen Baum gewählt, denn die Wohnung war nicht sehr groß, zwei Zimmer und Küche –, als es an der Tür läutete. »Machst du auf, Anna?« rief er hinaus.

»Ich bin schon dabei.«

Im nächsten Augenblick kam seine Frau aufgeregt ins Zimmer. »Eduard! Ein Mann mit einem Weihnachtsgeschenk ist draußen.«

»Ein Weihnachtsgeschenk? Von wem?«

»Er weiß es nicht.«

»Führ ihn herein!«

»Er ist nicht allein.«

»Dann bitte beide herein«, sagte Herr Massing. Er hätte es nicht sagen sollen.

Ein Mann im Mantel trat ein. Mit ihm, so groß wie ein Kalb, ein Hund. Ein Bernhardiner. Ein Riese unter den Bernhardinern. Wenn er den Kopf hob, schaute er bequem aus dem Fenster. Kaum daß die Tür noch hinter ihm zuging, so sehr füllte er mit seiner gewaltigen Größe das Zimmer.

»Frohe Weihnachten!« sagte der Mann, der den Hund führte. »Bin ich hier recht bei Herrn Massing?«

Herr Massing nickte. Er war über den Anblick des Hundes verärgert und fürchtete für seinen Baum und die Lebkuchen.

»Ich soll Ihnen ein Weihnachtsgeschenk überbringen«, sagte der Mann.

»Sehr erfreulich. Aber könnten Sie den Hund nicht draußen ablegen?«

»Das geht leider nicht.«

»Warum nicht?«

»Er ist das Weihnachtsgeschenk.«

»Wie bitte?«

»Der Spender schickt Ihnen als Weihnachtspräsent den Hund.«

»Das heiße ich eine sinnige Überraschung«, sagte Herr Massing wütend und starrte den Riesenhund böse an. Der Hund verstand es falsch und wedelte mit dem Schwanz. Das Kristall auf dem Büfett kam in Gefahr. Zwei von den roten Glaskugeln am Baum fielen zu Boden.

»Mir schickt jemand einen Hund?? Wer, ich bitte Sie?«

»Er hat seinen Namen nicht genannt. Ich habe nur den Auftrag, den Hund bei Ihnen mit herzlichen Grüßen für ein frohes Fest abzugeben.«

Herr Massing schöpfte einmal tief Atem, dann rief er entschlossen: »Das ist ein Schabernack, den man mir spielt! Eine Bosheit! Ich nehme das Geschenk nicht an! Was mache ich mit einem so großen Hund in der kleinen Wohnung?«

»Und was er frißt!« ergänzte die Frau. Sie war die Sparsame in der Familie.

Der Fremde blickte sich um. »Sie haben doch Kinder, wie ich erkenne. Vielleicht ist der Hund für die Kinder gedacht. Ihre Kinder werden sich sicher sehr freuen.«

»Die Kinder!« erschrak jetzt Herr Massing zum zweiten Mal, und die Folgen malten sich entsetzlich vor ihm aus. »Sie können jeden Augenblick heimkommen!«

»Wenn die Kinder den Hund sehen, werden sie ihn nie mehr hergeben«, sagte Frau Massing.

Jetzt tat Eile not. Herr Massing trat auf den Mann zu und rief: »Nehmen Sie den Hund wieder mit! Ich behalte ihn unter keinen Umständen. Bringen Sie ihn dem edlen Spender zurück, diesem Rindvieh! So eine Idee, mir einen Riesenhund ins Haus zu schicken!«

»Ich weiß nicht, wo er wohnt.«

»Dann behalten Sie ihn. Ich schenke ihn Ihnen. Das ist ein wertvolles Tier! Sie haben einen Vorteil. Was soll ich mit dem Riesentier in unserer winzigen Wohnung!«

»Ich wohne ebenfalls äußerst beengt«, sagte der Fremde, »auch brächte ich die Kosten aus eigenen Mitteln nicht auf. So ein großer Hund frißt einen kleinen Mann arm.«

»Dann verschenken Sie den Hund weiter! Jetzt zu Weihnachten ist eine gute Gelegenheit dazu. Sie können sich Freunde verschaffen.«

Der andere schüttelte den Kopf. »Wer nimmt einen so großen Hund? Doch kein vernünftiger Mensch.«

Der Hund, der sich niedergelegt hatte, begann sich wieder aufzurichten. Er stieß dabei den Tisch um. Es machte ihm nichts, er schien es gewohnt zu sein.

»Lieber guter Mann«, schrie jetzt Herr Massing verzweifelt, »verlangen Sie von mir alles, was Sie wollen, nur nehmen Sie den Hund wieder mit! Es soll Ihr Schaden nicht sein. Den Botenlohn haben Sie ja schon von dem Kerl bekommen, der mir den Hund geschickt hat – ich gebe Ihnen das Fünffache, wenn Sie den Hund wieder mitnehmen!«

Der Mann im Mantel sagte nachgebend: »Der Spender war sehr nobel.«

»Gut. Ich bin noch nobler. Da, sehen Sie, das ist für Sie –« Er riß einen großen Geldschein aus der Tasche und schwenkte ihn dem anderen vor der Nase. »Greifen Sie zu! Jetzt aber nichts wie raus, Sie und der Hund!«

»Lieber alter guter Keschan!« sagte der Mann im Mantel zu dem Bernhardiner, als er ihn wieder auf die Straße führte. »Verzeih mir das dumme Spiel! Du weißt ja, wie sehr ich an dir hänge und daß ich mich nie im Leben von dir trennen würde, mein bestes Stück, mein guter Kamerad

– aber wie könnte ich es mir leisten, einen so großen Hund zu halten, wenn ich dich nicht jedes Weihnachten ungezählte Male zu fremden Leuten als Weihnachtsgeschenk von Unbekannt in die Wohnung brächte? Auf diese Weise bekommen wir das Futtergeld fürs ganze Jahr zusammen und können noch lange, lange zusammenbleiben ...«

Gänsebraten

Paul und Pauline löffelten ihren Kaffee.

Da klingelte es.

»Die Post!«

Minna war ins Zimmer getreten und brachte die Morgenpost. Es war nur ein Brief. Er war an Pauline adressiert. Deshalb öffnete ihn der Mann.

»Wer schreibt denn?« fragte Pauline.

»Wer denkste denn, wer schreibt?«

»Wer soll uns schon schreiben?«

Der Mann legte gewichtig den Brief auf den Tisch. »Hannemanns schreiben«, sagte er.

»Hannemanns? Welche Hannemanns?«

»Hannemanns aus Halle! Die wir im Sommer im Bad kennengelernt haben.«

»So? Leben die auch noch? Was schreiben sie denn?«

»Sie wollen uns morgen besuchen. Zum Abendessen.«

»Sollen sie kommen!«

»Was heißt das: Sollen sie kommen«, schimpfte Paul. »Warum kommen sie denn? Was wollen sie denn? Sich einen billigen Abend machen, sich den Wanst vollschlagen für mein Geld, das wollen sie! Das sind so deine Bekannten!«

»Wieso meine Bekannten? Du kennst sie doch genauso gut wie ich.«

»Wer hat denn die Frau zuerst angesprochen?«

»Ich. Zugegeben. Aber nur, weil du den Mann kanntest.«

»Weil ich den Mann kenne, mußt du noch lange nicht gleich mit der ganzen Verwandtschaft dicke Tinte sein! Nächstens befreundest du dich noch mit der Frau von dem Mann, der mich auf der Straße um Feuer für seine Zigarre bittet, und ladest ihn zum Frühstück ein. Häng doch gleich eine Tafel vors Haus: ›Freies Mittagessen für jedermann! Mein Mann zahlt alles!‹ – Aber diesmal hast du dich geschnitten, Pauline! Diesmal kriegst du von mir keinen Groschen! Sieh zu, wie du deine Freunde bewirtest!«

Pauline weinte noch ein wenig in ihre Kaffeetasse. Dann ging sie in die Küche. »Minna!« rief sie.

»Bitte?«

»Wir bekommen morgen abend Besuch. Haben Sie noch Wirtschaftsgeld?«

Minna antwortete wie alle Frauen in solchen Fällen: »Nein. Nur noch ein paar Mark.«

»Dann müssen wir etwas Einfaches kochen. Für jeden zwei Paar warme Würstchen. Nun passen Sie aber gut auf, Minna: Ich werde vor Tisch erzählen, daß wir eine gebratene Gans haben. Bevor Sie jetzt die Würstchen auftragen, lassen Sie einen Teller mit großem Krach fallen, schreien laut auf, ich komme hinaus, und wir tun so, als ob uns die gebratene Gans in den Kohlenkasten gefallen wäre. Ich werde furchtbar mit Ihnen schimpfen, und dann servieren Sie einfach die inzwischen gekochten warmen Würstchen. Haben Sie mich verstanden?«

»Freilich, Frau Flemming!« grinste Minna vergnügt. Die Sache machte ihr mächtigen Spaß.

»Der Besuch ist da!« meldete Minna am nächsten Abend.

Paul und Pauline strömten ihm entgegen.

»Das ist aber nett von Ihnen«, sagte Paul mit erhobener Stimme und schüttelte beiden die Hand, »wir haben uns gestern sehr gefreut, als Ihr lieber Brief kam.«

Hannemann schälte drei ruppige Rosen aus dem Papier. »Gestatten – eine Kleinigkeit!«

»Aber das war doch wirklich nicht nötig«, antwortete Pauline und gab die Rosen in die eigens dafür vorbereitete Vase. »Sie werden sicher hungrig sein. Darf ich gleich zu Tisch bitten?«

Hannemanns ließen sich das nicht zweimal sagen. Sie drängten in das Speisezimmer, wo der Tisch gedeckt stand. Pauline baute die Rosen in die Mitte und erhöhte so den festlichen Glanz.

»Sie haben sich doch hoffentlich keine Umstände unseretwegen gemacht?« meinte Herr Hannemann.

»Aber nein! Aber nein!«

»Gott sei Dank!«

»Wir haben nur eine Gans«, sagte Pauline.

»Siehste, Erich!« sagte da Frau Hannemann und strahlte über alle vier Backen. »Was habe ich gesagt? Wir kriegen sicher hier was Gutes zu pappeln! Vielleicht gar eine Gans. Es ist jetzt die Zeit der Gänse!«

»Das freut mich, Ihren Geschmack getroffen zu haben.«

Dies sprach Pauline und klingelte dem Mädchen.

Jetzt mußte das große Ereignis eintreten.

Minna, das Mädchen, stand in der Küche. Weit und breit keine gebratene Gans. Dafür hielt Minna in der linken Hand einen Suppenteller mit acht Paar gekochten Würstchen. In der anderen Hand aber schwang sie einen leeren Teller, jederzeit bereit, ihn mit Krach in den Kohleneimer zu schleudern. Da klingelte es.

Inzwischen band man sich im Zimmer die Servietten um den Hals. Pauline klingelte nochmals. Da klang von der Küche her ein gewaltiger Krach. Geschirr klirrte. Eine Frauenstimme schrie hell auf.

»Um Gottes willen! Die Gans«, sprang Pauline entsetzt auf und eilte in die Küche, jedoch noch im Zimmer rief sie: »Minna! Minna! Was haben Sie denn gemacht? Was ist Ihnen denn heruntergefallen? Sicher die gute Gans, was?«

Minna weinte und schrie in der Küche, wie ihr eingelernt war.

»Das ist mir schrecklich unangenehm«, wandte sich Pauline an ihre Gäste, »jetzt haben wir nichts mehr zu essen bis auf ein paar Würstchen, die ich zufällig im Haus habe. Nein, so ein Ärger! Minna! Minna! Kommen Sie sofort herein!«

Minna schlich sich durch die Tür. Ihr Gesicht barg sie weinend in der Schürze. Pauline freute sich des gelehrigen Mädchens.

»Was haben Sie denn fallen lassen?« fragte sie streng.

Minna schluchzte und gab keine Antwort.

»Sie haben doch etwas fallen lassen?«

»Ja«, heulte Minna.

»Wohin?«

»In den Kohleneimer.«

»Die gute Gans, was?«

Da heulte Minna immer lauter und sagte: »Nein. Die Würstchen.«

Winterkartoffeln

Wer das Büdchen nicht ehrt, ist den Supermarkt nicht wert. Unsereiner kauft noch gern im Büdchen. Im Büdchen macht man ein Schwätzchen, im Büdchen erkundigt sich die Ladenfrau nach dem Wohlbefinden der lieben Kinderchen, im Büdchen bekommt man noch ein Titelchen angehängt, im Büdchen heißt es: »Beehren Sie mich bald wieder!«, im Büdchen walten die Kleinkramerin und der Kleinkramer getreulich hinter der Ladentafel. Es lebe das Büdchen!

Beim alten Gaunert in der Nebengasse gab es Winterkartoffeln. Er hatte einen großen Vorrat.

Die Kartoffelsäcke standen bis auf die Straße hinaus. Vor dem Schaufenster, in der Ladentür, im Hausgang – ein Kartoffelsack neben dem anderen.

Über die Tür geschrieben, an das Schaufenster gemalt: »Heute noch Kartoffeln zum alten Preis! Letzter Tag!«

So kamen die Kunden.

»Was kosten die Kartoffeln?«

»Wir verkaufen noch zum alten Preis.«

»Kostenpunkt?«

»Fünf Pfund fünfundsiebzig Pfennig.«

»Nur noch heute?«

»Heute ist der letzte Tag.«

Die Kunden kamen zuhauf und kauften in Mengen.

Sie kauften auf Vorrat. Zum alten Preis.

Die Gelegenheit lasse sich entgehen, wer will.

Beim alten Gaunert wurde vom Wiegen die Waage warm.

Die Registrierkasse stand nicht still.

»Fünf Pfund fünfundsiebzig Pfennig! Wer will noch

mal? Wer hat noch nicht? Wieviel Pfund dürfen es denn sein, junge Frau?«

Die Kunden standen bis auf die Straße hinaus.

Sie standen in Reihen und standen in Schlangen.

Sie kamen zweimal und dreimal.

Daheim baten die Hausfrauen ihre Ehemänner um Vorschuß: »Beim Gaunert gibt es noch Kartoffeln zum alten Preis! Heute letzter Tag!«

Die Ehemänner bewunderten anerkennend die weise Umsicht ihrer Ehefrauen.

Johannes kam des Weges daher. Auch er sah die Kartoffelschwemme.

»Kartoffeln zum alten Preis! Heute letzter Tag!«

Er stellte sich hinten an. Als er an der Reihe war, fragte er: »Zum alten Preis?«

»Ja. Nur noch heute. Fünf Pfund fünfundsiebzig Pfennig.«

Johannes fragte: »Und morgen? Was werden die Kartoffeln morgen kosten?«

»Den neuen Preis.«

»Wieviel ist das?«

Gaunert sagte, aber leise: »Fünf Pfund fünfundsechzig Pfennig.«

Zwölf Nerze

Zwölf Nerze kamen in den Himmel. Sie hatten im Leben nichts vom Leben gehabt. Man hatte sie für Mannequins und Modenschauen gezüchtet und gefüttert, gefärbt, geschoren, platiniert und blondiert, zugeschnitten und verschnitten, gedehnt und gestreckt, gewalkt, geklopft, eingemottet und ausgemottet, parfümiert und paraffiniert, auch fotografiert. Zwölf Mannequins hatten sie ausgeführt und vorgeführt, über die Schulter geworfen und über den Arm getragen, in der Hand lässig hinter sich über den Laufsteg gezogen, einmal das Fell als Angabe nach außen, einmal das Fell als doppelte Angabe nach innen. Man hatte sie im Auto und im Flugzeug quer durch die ganze Welt geschleppt, in Schaufenster gehängt, in der grellen Gletschersonne getragen, man hatte sie sekkiert und schikaniert, aufgekrempelt und umgekrempelt, man war mit ihnen scharwenzelt und getänzelt, stolziert und paradiert, man hatte auf Erden wegen ihnen gestohlen, gelogen, betrogen, Bücher gefälscht und Ehen gebrochen.

Zwölf Nerze, die im Leben nichts vom Leben gehabt hatten, kamen in den Himmel. Sie klagten Petrus ihr Leid. Der alte Petrus bedauerte sie tief, fuhr ihnen tröstend über ihr arg strapaziertes Fell und versprach ihnen für ihre Not himmlische Freuden. »Ich gebe euch einen Wunsch frei«, sagte er, »ihr dürft euch alle etwas Besonderes wünschen.«

»Etwas, wonach wir uns immer gesehnt haben?«

»Alles, was euch Freude macht.«

Die zwölf Nerze sahen sich erwartungsvoll an. »Dürfen wir uns zurückziehen und miteinander beraten?«

»Beratet euch gut!«

Da gingen die zwölf Nerze in eine Ecke, gleich hinter dem Mond, tuschelten lange und aufgeregt miteinander, dann kam der älteste und zugleich der schönste der Nerze, gefolgt von den anderen, zu Petrus zurück.

»Habt ihr euch entschieden?« fragte Petrus.

»Ja. Wir wissen jetzt unseren Wunsch.«

»Nennt ihn mir!«

Da riefen die zwölf Nerze unisono: »Wir hätten jeder gern einen Mantel aus echt Mannequin . . .«

Ein sonderbares Violinkonzert

Wenn ein Philharmoniker, der im Orchester die erste Geige spielt und dem der Dirigent vor dem Konzert die Hand reicht, mit einem Schiff untergeht, rettet er zuerst seine kostbare Geige und erst dann sein Leben. Nicht anders erging es Professor Arturo Manazoni, dem ersten Geiger des Philharmonischen Orchesters von Philadelphia. Er fuhr zu einem Konzert nach London, und das Violinkonzert von Tschaikowsky stand auf seinem Programm. Wochenlang vorher war das Konzert in der Albert Hall ausverkauft, die Karten wurden unter der Hand zu hohen Preisen gehandelt, aber Professor Arturo Manazoni kam nie in London an. Die Winde waren gegen seine Reise. Mitten im Ozean sperrte das Meer sein mächtiges nasses Maul auf und verschlang Schiff und Schornstein. Keiner wurde gerettet. Es sei denn, man bezeichnet es als Rettung, daß sich der erste Geiger der Philadelphischen Philharmoniker am nächsten Morgen an den Strand einer Sandwüste an der Westküste Afrikas gespült wiederfand, und – o Wunder! – seine kostbare Geige, eine echte Stradivari, lag neben ihm im Sand. Er hielt den Geigenkasten fest an sich gepreßt und mußte ihn wohl auch während des Schiffsunterganges so gehalten haben und ebenso während des Tobens der haushohen Wellen, die ihn hinauf und hinunter rissen, wie ein Notenpapier auf dem Wasser. Das erste, was Professor Arturo Manazoni tat, war, daß er besorgt seinen Geigenkasten öffnete, und siehe, die kostbare Geige war trocken und wohlbehalten. Er pries seine Vorsorge, vor Antritt der Reise einen wasserdichten und klimasicheren Geigenkasten erstanden zu haben, so war der Stradivari mit der Jahreszahl 1726 nichts geschehen.

Nachdem Professor Manazoni eine Weile am Strand gelegen war, beschloß er, landeinwärts zu wandern, um vielleicht einer menschlichen Siedlung zu begegnen. Er wanderte viele Stunden, die Geige im Arm, aber er sah nur strauchlose Sanddünen, die Sonne brannte unbarmherzig, er schritt weiter, und plötzlich sah er sich, als ob sie ihm lange gefolgt wären, von einer Schar Löwen umringt, mächtigen Löwen beiderlei Geschlechtes, und sie wetzten bereits ihre Zähne wie hungrige Esser das Messer, den ungewohnten Bissen Mensch sich zu Gemüte zu führen. Immer näher kamen die gelben Bestien. Der arme Geiger, was nützte ihm jetzt aller Glanz, was nützte ihm sein Professorentitel und der noch in der Vorwoche in Philadelphia gescheffelte Applaus? Er war jetzt ein armer Geiger, der ärmste der Geiger, wie er so waffenlos mitten in der Wüste den hungrigen gelben Bestien gegenüberstand. Er warf in seiner Verzweiflung einen Blick zum Himmel, ob ihn dieser nicht aus seiner Not errette und ihm eine Strickleiter herunterwürfe – denn in der Not beginnt der Mensch ja wieder an Wunder zu glauben –, aber nichts von alledem geschah. Zwanzig hungrige Löwen und eine Portion Mensch. Da griff der Geiger in seiner Hilflosigkeit, genau eine Minute vor dem Löwenfrühstück, nach seiner geretteten Geige und begann zu spielen. Die ersten Striche klangen gequält, unrein, die Löwen blieben unbeeindruckt, kamen immer näher, schon spürte er ihren heißen Atem und den bittersüßen Geruch ihrer Mähne – da begann er in seiner Angst das Violinkonzert von Max Bruch zu spielen, das selbst die ärgsten Banausen, die unter Musik nur Märsche verstehen, zur Begeisterung hinreißt. Auch diesmal verfehlten das Solo und sein Spiel nicht ihre Wirkung. Die Löwen erstarrten. Sie blieben auf ihren Plätzen und lauschten andachtsvoll, verzaubert durch das virtuose Violinkonzert. Aber kaum war der letzte Ton verklungen, erwachte wieder ihr Appetit, ähnlich wie in der Pause im großen Konzertsaal, wo die soeben noch von der Kunst ergriffenen Menschen schnurstracks zum Büfett rasen und nach Schinkenbrötchen vorstoßen – die Löwen begannen, sich von neuem ihrem Opfer zu nähern, und in seiner Not spielte unser armer Geiger weiter, gab Zugabe um Zugabe, er spielte Mozarts berühmte Violinsonate, Köchelverzeichnis 98, und abermals hielten die gelben Bestien in ihrem Wunsch, ihn zu zerfleischen, inne, denn die Macht der Musik besiegt überall die bösen Instinkte. So ging das sonderbare Violinkonzert bis tief in die Dämmerung hinein. Der Gestrandete, der nicht aufhören durfte, spielte das Mailänder Konzert, Beethovens Kreuzersonate, opus 47 in A-Dur, Paganinis »Hexentanz«, Kompositionen von Schubert, Bruckner, Schostakowitsch, Kreisler und die Paradestücke von Jehudi Menuhin und Jan Kubelik. Als er in Schweiß gebadet und am Ende seiner Kräfte den Bogen endlich sinken ließ, lagen die Löwen in tiefem Schlaf, und er selbst sank todmüde mitten unter ihnen zu Boden und schlief sofort ein.

Am nächsten Morgen weckte ihn das Knurren der Löwen und ihr heißer Atem. Ehe er sich noch den Schlaf aus den Augen reiben konnte, ergriff er die Geige und spielte und spielte. Er spielte sein ganzes Repertoire, das man ihm in den Städten mit Gold aufwog, er spielte um sein Leben – die Löwen lagerten um ihn in tiefer Ergriffenheit mucksmäuschenstill, sie lauschten verzückt und beglückt, und solange Professor Manazoni die Geige strich, wagte keiner von ihnen, ihn anzurühren oder ihm auch nur ein Haar zu krümmen. Sie hörten ihm dankbar und andächtig zu, denn wann kommt schon ein Wüstenlöwe sonst zu dem Genuß eines Violinkonzertes Tschaikowskyscher Prägung.

Das ging so drei Tage. Die Löwen kannten bereits manches Adagio auswendig und freuten sich über die Wiederkehr eines Allegrettos, es hörte sich manchmal an, als begännen sie die Melodie ein wenig mitzuknurren, vor allem an den gefälligen, einprägsamen Stellen, wie es auch im Konzert manchmal zu sein pflegt – aber dann geschah das Entsetzliche. Über den gelben Sand der Wüste, erst hinter einer Düne versteckt, bald aber in seiner gewaltigen, furchteinflößenden Größe, kam ein uralter, mächtiger Löwe geschritten. Seine dunkle, fast schwarze Mähne hätte ein Scheunentor ausgefüllt, so groß war er. Ohne auf die Schar zu achten, die im Kreis um den Musikus gelagert war und seit drei Tagen seinem Spiel so andächtig lauschte, daß ihnen alle Mordgier aus den Augen verschwunden war, drängte sich der gewaltige große, alte Löwe durch die anderen hindurch, stieß sie rechts und links zur Seite, schritt vierfüßig auf den Geiger zu, der sich in seiner Todesangst die Seele aus dem Leibe spielte, schnappte zu, und der berühmte Virtuose, mitten aus einer Kantilene heraus, zählte nicht mehr zu den Lebenden.

»Caesar!« schrien da alle Löwen auf und überschütteten den Alten, der ihr mannigfacher Großvater war, mit Vorwürfen: »Caesar! Warum hast du in deiner Gier diesen einmaligen, begnadeten Künstler getötet, dem wir seit Tagen beglückt lauschten? Hast du nicht sein göttliches Spiel vernommen?«

Da hob der alte Löwe seine gelbe Tatze zum Ohr und fragte ohne Verstehen nach Art der Schwerhörigen: »Hä?«

Seht, Freunde, ich verlegte die Geschichte in die Wüste, nachdem ich Europa durchwandert hatte. Immer sind es die Schwerhörigen – man ist nicht nur im Ohr taub, am schlimmsten sind die tauben Herzen.

Die Filmblätter brachten es auf der ersten Seite

Die Sache hatte sich ganz anders zugetragen, als es in allen Filmblättern auf der ersten Seite stand. Ich muß es wissen. Ich war ja dabei. Oder wenigstens in unmittelbarer Nähe. Ich wohnte damals in dem Hotel auf Mallorca, in dem die amerikanische Filmschauspielerin Olivia Barrington abgestiegen war, unter einem anderen Namen verständlicherweise, denn sie wollte weder von Autogrammjägern belästigt werden noch neugierigen Journalisten Rede und Antwort stehen. So las man sie unter dem Namen Aubry Kent, Studentin aus London, vierundzwanzig Jahre, in der Fremdenliste des Hotels, und die Hotelleitung widersprach heftig allen Gerüchten, daß sich unter diesem Namen der berühmte amerikanische Filmstar verborgen halte. Es nützte nicht viel. Man konnte es nicht verhindern, daß die Leute im Speisesaal und auch an anderen Orten die Schauspielerin erkannten, sie hatten ihr Gesicht zu oft in den Filmen gesehen. Man tat, als ob man ihr glaubte, wenn sie immer wieder behauptete, Aubry Kent zu sein, war aber vom Gegenteil überzeugt.

Da geschah es eines Tages, daß ein Fremder, der am Morgen mit der »Playa de Formentor« angekommen war, auf ihren Tisch zutrat und mit einer höflichen Verbeugung sagte: »Verzeihen Sie, Olivia Barrington –«

»Sie verwechseln mich, mein Herr.«

Der Fremde verbeugte sich leise ein zweites Mal. »Es wäre ein Irrtum, den ich überaus bedauern müßte. Ich bin eigens aus London herübergekommen, um Sie um eine Gunst zu bitten. Wollen Sie bitte einen Blick in dieses Album werfen?« Er legte ein in rotes Leder gebundenes Buch vor ihr nieder, das auf der Titelseite den Namen Olivia Barrington in goldener Gravüre trug.

Die Schauspielerin zögerte eine Sekunde, dann siegte ihre Neugier, und sie öffnete das Album. Es war Seite für Seite angefüllt mit ihren Bildern. Die berühmte Schauspielerin in allen Gegebenheiten ihres Daseins. Übermütig, zornig, leidenschaftlich und verträumt fand sich ihr Gesicht in hundertfacher Wiedergabe.

»Die Bilder sind mit Geschmack ausgewählt«, sagte die Schauspielerin.

»Sie bekommen ihren wahren Wert erst durch ein Autogramm«, antwortete der Fremde.

Ich beobachtete dies alles mit besonderem Vergnügen vom Nebentisch aus, bemerkte auch sofort das ungewöhnliche Interesse, das die Schauspielerin an dem Fremden zu nehmen schien – zum ersten Mal übrigens, denn sie hatte bisher alle Annäherungen zurückgewiesen und nur zweimal ein Autogramm gegeben. Sie lächelte und sagte: »Sie sollen Ihre Reise von London nicht umsonst gemacht haben. Aber bitte nicht hier. Ich verabscheue es, in der Öffentlichkeit Autogramme zu geben. Kann ich das Buch bis morgen behalten? Sie wohnen im Hotel?«

»Seit heute«, sagte der Fremde.

»Ich werde morgen das Buch beim Portier in Ihr Fach legen lassen. Guten Abend!«

Ich versprach mir als Zuschauer einige Unterhaltung von dieser Begegnung. Der Mann sah keineswegs so aus, als habe er die weite Reise nur deswegen unternommen, um sich mit einem Autogramm zu begnügen. Er gehörte zu jener Sorte Männer, die Ansprüche zu stellen gewohnt sind. Am nächsten Nachmittag begegnete ich dem neuen Paar auf dem Borne, unweit der Terrasse Formentor. Der Fremde ging scheinbar überrascht auf die Schauspielerin zu und sagte: »Was für ein glücklicher Zufall!«

»Vor allem, wenn man ihm ein wenig nachgeholfen hat,

wie es scheint«, sagte die Schauspielerin und war keineswegs ärgerlich.

»Ich mußte mich bei Ihnen bedanken, gnädige Frau. Deswegen suchte ich Sie. Ich fliege morgen früh nach London zurück.«

»So rasch?« fragte die Schauspielerin.

»Ich bin nur gekommen, um Sie zu sehen.«

Sie blieben vor dem Kiosk mit den Zeitungen stehen.

»Wenn ich nun morgen Zeit und Lust hätte, mit Ihnen nach Camp de Mar zu fahren?« fragte die Schauspielerin plötzlich.

»Ich nehme Ihren Vorschlag begeistert an.«

»Sie bleiben also?«

»Nein«, sagte der Fremde, »aber wir könnten noch heute nach Camp de Mar fahren. Wir haben fünf Stunden Zeit, ehe es dunkel wird. Das Meer ist dort einsam, und im Hotel sind um diese Jahreszeit wenig Gäste.«

Was sich an diesem denkwürdigen Spätnachmittag vor zehn Jahren an dem sichelförmigen Strand von Camp de Mar abspielte, der nur von zwei Hotels abgegrenzt ist und einen breiten Sandgürtel zwischen dem Meer und den wenigen leeren Häusern bildet, erfuhr ich erst bei der Gerichtsverhandlung, zu der ich als Zeuge geladen wurde, da ich es war, der dem Fremden als erster bei seiner Rückkunft begegnete. Die beiden hatten auf dem Paseo de Sagrera, unmittelbar vor dem Restaurant Puerto, einen Mietwagen bestiegen und waren über Cas Catala hinaus an den Strand gefahren. Dort hatte der Fremde den Chauffeur entlohnt und ihm bedeutet, daß sie ihn nicht mehr brauchten, da sie nach Palma zurücksegeln würden. Als der Chauffeur den Wagen gewendet hatte, waren sie in ein Boot gestiegen und an der Küste entlang zurückgesegelt.

Die Schauspielerin lehnte sich in der Sonne zurück, die

Hände in ihrem Nacken gefaltet, den Kopf dicht neben seinem Knie, und sah ihn mit halbgeschlossenen Augen von unten her an. »Ist es nicht wie ein Wunder? Gestern haben wir uns noch nicht gekannt, und heute –«

»Ich hoffte, daß es so kommen würde«, sagte der Fremde mit einem seltsamen Ernst.

Sie drehte sich herum und stützte das Kinn in ihre Hände. »Warum gefallen Sie mir eigentlich? Da kommt ein Autogrammjäger daher, ist weder schön noch übertrieben galant – dabei wußte ich in der ersten Minute, daß alle meine Vorsätze über den Haufen geworfen waren – ich wollte hier einmal ausspannen, richtig ausspannen – wenn man verliebt ist, ist es damit vorbei – dabei weiß ich noch nicht einmal, wie Sie heißen.«

»Ich vergaß es.«

Sie rieb ihre Stirn an dem harten Leinen seiner Jacke. »Willst du es mir nicht jetzt sagen?«

Der Fremde blickte nach dem Land zurück.

Sie waren ein gutes Stück von der Küste entfernt.

»Ich habe auf diesen Moment gewartet, bis wir fern von den Menschen sind«, sagte er, »ich heiße Anthony Mitford.«

Sie lachte. »Ich bin enttäuscht. Wenn man danach geht, wie du aussiehst – ich hätte dich mindestens für einen Windsor gehalten oder einen Sohn Mountbattens.«

Der Fremde blieb ernst. »Ich bin Anthony Mitford«, wiederholte er.

»Ich habe es gehört.«

»Der Name sagt Ihnen nichts?«

»Nein. Gar nichts.«

»Sie haben ein peinlich schlechtes Gedächtnis für Ihre früheren Liebhaber!«

Sie richtete sich auf und starrte ihn an. »Ich wußte nicht, daß Sie getrunken haben!« sagte sie.

Der Fremde achtete nicht auf ihre Beleidigung. »Das

Album, das ich Ihnen gestern zeigte, war nicht mein Eigentum. Es gehörte meinem jüngeren Bruder Timothy, Timothy Mitford. Ist Ihnen auch dieser Name fremd?«

Er hatte hart ihren Arm gefaßt. Sie riß sich los. »Ich weiß nicht, was Sie damit sagen wollen!«

Er riß das Steuer herum. Das Boot setzte sich vom Ufer ab und glitt auf das offene Meer hinaus.

»Wie konnte ich auch erwarten, daß Sie sich die Reihe Ihrer Liebhaber merken würden!« stieß er hervor. »Vielleicht erinnern Sie sich an einen jungen Leutnant zur See, mit dem Sie einen Sommer in Palm Beach verbrachten. Er hatte seinen Dienst verlassen, um Ihnen zu folgen. Es muß eine recht amüsante Zeit gewesen sein, bis man meinen Bruder eines Tages in seinem Hotelzimmer fand. Er hatte seinem Leben selbst ein Ende gesetzt. Auf dem Tisch lag Ihr Abschiedsbrief, in dem Sie sich über seine Gefühle lustig machten. Wollen Sie ihn sehen? Hier ist er.«

»Bringen Sie mich sofort an Land zurück!« rief die Schauspielerin und griff ins Steuer.

Der Fremde schlug ihr das Holz aus der Hand. »Sie werden kein Land mehr betreten«, sagte er heftig, »ich habe es an jenem Abend geschworen, als man meinen kleinen Bruder im Bleisarg nach Hause brachte, noch keine vierundzwanzig Jahre alt und sein Leben zerstört, durch Sie, durch die Laune einer Frau, für die er nichts weiter war als eine kurzweilige Episode zwischen zwei Filmen, wie Sie in jenem Brief schrieben ...«

Die Filmblätter brachten es auf der ersten Seite.

»Der bekannte amerikanische Filmstar Olivia Barrington in einem Segelboot erdrosselt aufgefunden«, las man, »der Täter stellt sich der Polizei.«

Aber schon wenige Tage danach berichtigte die Presse ihre Meldung.

»Durch einen bedauerlichen Irrtum berichteten wir in

unserer letzten Ausgabe von dem Tod der beliebten amerikanischen Filmschauspielerin Olivia Barrington. Wie wir soeben durch die amtliche Nachrichtenagentur erfahren, erfreut sich die Schauspielerin bester Gesundheit. Sie befindet sich gegenwärtig mit ihrem Verlobten – dem fünften seit ihrer Scheidung, wenn wir recht zu rechnen vermögen – auf einer Safari, und es gelang uns, über Nairobi ein kurzes Telefongespräch mit ihr zu führen, das uns allen und ihren zahlreichen Freunden auf der ganzen Welt die glückliche Nachricht bestätigt.

Die in der Nähe von Palma auf einem Segelboot erdrosselt aufgefundene Tote ist die vierundzwanzigjährige Studentin Aubry Kent aus London, die während ihrer Ferien ihre außergewöhnliche Ähnlichkeit mit Olivia Barrington dazu benutzte, sich für die berühmte Schauspielerin halten zu lassen. Sie gab auch unter dem Namen des Filmstars Autogramme. Über die Ursachen ihres Todes sind noch Recherchen im Gange.«

Die grüne Tapete

Eine Frau erzählt . . .

Über mir ist eine Wohnung frei geworden.

Das heißt: noch nicht ganz.

Die Frau ist gestern gestorben. Sechzig.

Der Mann lebt noch. Siebzig.

Wie lange noch? Mit siebzig?

Sicher wird er die Wohnung aufgeben und in ein Altersheim ziehen.

Ich besuche ihn.

Will herausbekommen, was er vorhat.

Ob seine Wohnung frei wird.

Ich hocke mit meinem Mann und meinen beiden Kindern in einer kleinen Kammer im Souterrain.

»Warten Sie, bis eine Wohnung im Haus frei wird«, hat der Hausherr zu mir gesagt, »das kann ganz plötzlich kommen.«

Dann starb die Frau.

Ich sage zu dem Witwer: »In einem Altersheim werden Sie herrlich versorgt.«

»Ich bleibe in meiner alten Wohnung.«

Er ist hartnäckig. Ich bin es nicht minder.

»Wenn Sie eines Nachts der Schlag trifft?«

»Keine Sorgen, junge Frau! Ich werde hundert!«

»In dieser Wohnung?«

»Die Wohnung ist gesund, luftig und sonnig.«

Ich weiß es. Deswegen will ich sie ja haben. Für meinen Mann und die Kinder.

Der Hausherr verspricht mir die Wohnung, wenn der alte Mann auszieht.

»Wir könnten schon heute die Wohnung tapezieren lassen«, sage ich zu Abraham, meinem Mann, »wie lange wird der Alte schon noch leben, dann haben wir gleich die frischen Wände, wenn wir einziehen.«

Ich habe tapezieren gelernt.

Früher, als ich noch nicht verheiratet war.

Ich habe eine Vorliebe für schöne Tapeten.

Eines Tages bringe ich dem alten Mann die Tapetenmuster.

Er ist begeistert davon, vor allem von der Kupfergrünen.

»Sie sollen sie haben«, sage ich.

»Für mich alten Mann genügt die Wohnung, wie sie ist.«

»Ein alter Mann muß heiter wohnen.«

»Das ist leicht gesagt.«

»In einem Altersheim herrscht Jubel, Trubel, Heiterkeit.«

Mein Versuch mißlingt.

»Ich bleibe hier«, sagt er.

»Gut. Dann tapeziere ich Ihnen die Wohnung!«

»Umsonst?«

»Warum nicht? Man muß einander beistehen in dieser Zeit!«

Zwei Tage später bin ich mit den Tapeten bei ihm, mit zwölf Rollen und einem Kleistertopf.

Ich habe ihm die Kupfergrüne gebracht.

Ich stehe auf der Leiter.

Der alte Mann sitzt am Bettrand und schaut mir zu.

Gelegentlich nimmt er den breiten Kleisterpinsel, betrachtet ihn interessiert und sagt: »Warum tun Sie alles das für mich? Sie müssen ein guter Mensch sein.«

Das Zimmer ist fertig.

Es sieht jetzt mit den neuen Tapeten viel größer aus.

Zwei Tage habe ich daran gearbeitet.

Der alte Mann überreicht mir, ehe ich gehe, ein Etwas in zerknittertem, gebrauchtem Seidenpapier. Es ist ein alter silberner Spiegel seiner Frau. »Das ist für Sie!« sagt er zu mir.

»Nein! Ich bitte Sie! Behalten Sie ihn!«

Er drückt mir zum zweiten Mal den Spiegel in die Hand und sagt: »Es ist gut so – für alle Fälle.«

Zwei Wochen später ist der alte Mann tot.

»Altersschwäche«, stellt der Arzt fest, und man begräbt den alten Mann in Ehren neben dem frischen Grab seiner Frau.

»Er ist ihr bald nachgefolgt«, sagt der Hausbesitzer, »wenn Sie wollen, können Sie morgen früh einziehen.«

Wir kommen nicht dazu.

Am nächsten Morgen ist die Wohnung versiegelt.

Polizei geht durchs Haus.

Sie kommen auch zu mir herunter.

Ob ich den alten Mann gekannt hätte?

»Aber ja, sehr gut sogar, erst kürzlich hat er mir einen alten Silberspiegel seiner Frau geschenkt.«

»Einen Spiegel? Dürfen wir ihn sehen?«

»Natürlich. Warum nicht? Hier ist er.«

Die Beamten nehmen den Spiegel mit.

Ich finde es höchst sonderbar.

»Nur für einen Tag«, sagen sie.

Mein Mann kommt am Abend nach Hause und erzählt mir die Neuigkeit, daß der alte Mann über uns keines natürlichen Todes gestorben sein soll. Er hat drei Tage vor seinem Tod der Polizei einen Brief geschrieben, darin stand:

»Wenn ich in Kürze sterben sollte, untersuchen Sie bitte die Masse, die ich hinter das Glas eines alten Spiegels gegeben habe. Ich kann es einfach nicht glauben, daß ich zum erstenmal in meinem langen Leben einem uneigennützigen Menschen begegnet sein soll. Jemand wollte mein Alter verschönern, wie er sagt. Ich traue ihm nicht. Ich schenkte ihm einen alten Spiegel. Wenn der Mensch tückisch war, finden Sie hinter dem Glas die Masse, mit der er die neuen Tapeten meines Zimmers bestrich. Ich habe unbemerkt ein wenig davon auf die Seite gebracht. Wahrscheinlich finden Sie Gift darin ... Jeden Morgen liegen in meinem Zimmer ein paar tote Fliegen ...«

Bankraub in der Barymoore-Bank in Boston

1

»Ein Kabel für Mr. Chesterton!«

Direktor Chesterton riß den Umschlag auf.

»Einer unserer Prokuristen ist unter Mitnahme eines Paketes Aktien der General Motors im Nominalwert von hunderttausend Dollar flüchtig«, las er. »Recherchen ergaben, daß er sich auf dem Dampfer ›White Flower‹ nach London eingeschifft hat. Das Schiff trifft heute in London ein. Wir bitten, auf Grund unserer langjährigen Geschäftsverbindung mit Ihrer Bank dem Defraudanten, dessen genaues Signalement wir am Schluß des Kabels folgen lassen, die geraubten Aktien ohne Hinzuziehung der Polizei wieder abzunehmen und uns per Flugpost wieder zuzustellen. Von einer Strafverfolgung möchten wir absehen, um dem Ruf unserer Bank nicht zu schaden. Wir ermächtigen Sie, dem Defraudanten nach Herausgabe der Aktien eine Abfindung für seine zwanzigjährige Dienstzeit von fünftausend Pfund zu übergeben. Mit diesem Betrag wollen Sie unser Konto belasten. Barymoore-Bank, Boston.«

In zwei Stunden mußte die »White Flower« einlaufen.

Chesterton schob das Kabel in die Tasche und läutete. »Meinen Wagen – sofort!«

2

»Verzeihung! Ist dieser Stuhl noch frei?«

Chesterton setzte sich. Ihm gegenüber hatte Mr. Brown aus Boston Platz genommen, wie er sich vor einer Stunde in das Fremdenbuch des Hyde Park Hotels eingetragen hatte. Chesterton hatte ihn sofort bei den Landungsbrükken erkannt. Er war ihm ins Hotel gefolgt und hatte in der Halle gewartet, bis Brown sich in den Speisesaal begab. Dann setzte er sich an seinen Tisch, und über Höflichkeitsformeln kamen sie ins Gespräch.

»Sie reisen zum Vergnügen?«

»Well. Will mir ein wenig Europa ansehen.«

»Ich beneide Sie! Meine Geschäfte halten mich leider in London fest!«

»Sie sind Kaufmann?«

»Nein, Bankier.«

»Dann ist mir Ihre Bekanntschaft doppelt wertvoll«, sagte der Fremde erfreut, »ich kenne in London keinen Menschen und möchte gern ein Paket Aktien in London lombardieren.«

»Ein größeres Objekt?«

»Hunderttausend Dollar General Motors nominal.«

»Es würde für meine Bank einen Vorzug bedeuten, wenn Sie uns damit beauftragen!«

»Wann paßt es Ihnen?«

Chesterton sagte: »Wenn es Ihnen nichts ausmacht – ich habe meinen Wagen draußen, wir können sofort nach dem Essen zu mir hinüberfahren ...«

3

Der Wagen hielt vor dem breiten Portal der Bank.

Chesterton öffnete dem neuen Kunden zuvorkommend die Tür.

»Welcher Schalter?« fragte Mr. Brown.

»Wir erledigen es in meinem Büro. Die erste Tür bitte.«

Sie traten ein.

Mr. Brown öffnete seine Tasche und entnahm ihr ein verschnürtes Paket. »Das Verzeichnis der Stücknummern liegt obenauf.«

»Das vereinfacht das Ganze.«

Der Bankier verglich die Aufstellung. Es waren genau hundert Aktien zu tausend Dollar. Chesterton unterschrieb die Empfangsbestätigung. »Hier ist Ihre Quittung.«

»Verbindlichen Dank. Soll ich damit zur Kasse gehen?«

»Bemühen Sie sich nicht. Ich lasse alles hier erledigen.« Er drückte auf einen Knopf.

Zwei Beamte traten ein.

»Hier sind die erwarteten Aktien«, sagte Chesterton und übergab ihnen das Paket. Dann wandte er sich wieder an seinen Besucher und sagte: »Hier ist Ihr Gegenwert. Das Kabel der Barymoore-Bank in Boston.«

Mr. Brown sprang auf. »Was bedeutet das?«

»Nichts anderes, als daß ich von Ihrer Bank beauftragt bin, die unterschlagenen Aktien sicherzustellen.«

Mr. Brown starrte auf das Kabel in seiner Hand.

Chesterton fuhr fort: »Die Bank hat mich beauftragt, Sie laufen zu lassen. Sie bewilligt Ihnen, unter Verzicht auf eine Strafverfolgung, für Ihre bisherigen Dienste eine Abfindung von fünftausend Pfund.«

Mr. Brown starrte verständnislos den Bankier an. Chesterton mußte das Angebot wiederholen. Da brach Mr. Brown zusammen. Er schluchzte hilflos.

4

Kabel London–Boston:

»Barymoore-Bank, Boston. Auftrag ausgeführt. Effekten in unserem Besitz. Gehen heute per Flugpost an Sie. Auftragsgemäß betrügerischem Prokuristen fünftausend Pfund ausgezahlt. Erbitten Gutschrift. Atlantic-Bank, London.«

5

Kabel Boston–London:

»Atlantic-Bank, London. Verstehen weder Kabel noch Effektensendung. Unsere Prokuristen vollzählig anwesend. Keine Unterschlagungen seit zwölf Jahren. Übermittelte Aktien geschickte Fälschung. Anscheinend wurde Atlantic-Bank Opfer eines Betrügers. Barymoore-Bank, Boston.«

Der Mann mit den hundert Tricks

Das große Varieté löschte seine tausend Lichter. Die letzten Bühnenarbeiter verließen das Theater, der Portier schloß hinter ihnen ab und schritt langsam der letzten offenen Tür zu, die zu den Garderoben der Artisten führte. Im Schatten des Torbogens stand ein Mann. Er trug einen grauen Mantel und einen grauen Schirm überm Arm.

»Ist Mister Zarini noch da?« fragte er.

»Der Mann mit den hundert Tricks?«

»Ja.«

»Ich werde nachsehen.«

Zarini, der Mann mit den hundert Tricks, schloß sorgsam seinen großen Koffer ab. Es klopfte.

»Mister Zarini, unten wartet ein Herr.«

»Hat er seinen Namen genannt?«

»Nein. Er fragte nur, ob Sie noch im Haus wären.«

»Führen Sie ihn bitte herauf.«

Der Herr im grauen Mantel verbeugte sich, als er eintrat. »Ich heiße Burger«, sagte er.

»Der Juwelier?«

»Sie kennen mich?«

»Ich wäre sogar gern Ihr Kunde, wenn ich es mir leisten könnte!«

»Sie werden es sich bald leisten können!«

»Nanu?« sagte Zarini belustigt und überrascht.

»Ich biete Ihnen eine Gage von fünftausend.«

»Donnerwetter! Wofür?«

»Für einen Ihrer hundert Tricks.«

»Kein schlechtes Honorar!«

»Ich will es hoffen!«

»Und wo soll ich den Trick ausführen?«

»Morgen. Bei mir. Wollen Sie?«

Zarini nickte: »Wir werden morgen darüber reden. Erwarten Sie meinen Besuch.«

Die Verhandlung am nächsten Morgen dauerte schon eine Stunde.

Der Juwelier sagte ärgerlich: »Ich verstehe Ihr Zögern nicht!«

»Es ist ein glatter Betrug!«

»Bedenken Sie Ihr Honorar! Fünftausend!«

»Und der Wert des Kolliers?«

»Vierzigtausend!«

»Kein schlechtes Geschäft für Sie!«

»Auch für Sie nicht, Herr Zarini!« erwiderte der Juwelier. »Wie oft haben Sie diesen Trick schon auf der Bühne ausgeführt! Sie haben weiter nichts zu tun, als das Kollier vor den Augen der Contessa in die Schatulle zu legen und es dabei verschwinden zu lassen.«

»Und wenn sie daheim das Fehlen des Schmuckes bemerkt?«

Der Juwelier lächelte: »Wenn der Schmuck unterwegs verlorengeht, haftet mein Geschäft nicht.«

Eine Stunde später betrat die Contessa den Laden des Juweliers. In ihrer Begleitung befand sich ein junger Herr. Sie stellte ihn als ihren Sekretär vor.

Der Juwelier öffnete den schweren Stahlschrank. »Sie werden Ihre Freude haben, Contessa!«

»Kann ich das Kollier sehen?«

»Hier ist es.«

Die großen Steine, so dicht beieinander, daß die kostbare Platineinfassung fast verschwand, waren von einer unbeschreiblichen Schönheit.

Der Juwelier wies auf Zarini, der neben ihm stand.

»Mein Geschäftsfreund aus London. Er brachte mir gestern die letzten Steine.«

»Der Preis bleibt wie vereinbart?«

»Vierzigtausend.«

»In bar. Ich kenne Ihre Bedingungen.« Sie gab ihrem Sekretär ein Zeichen.

Der Sekretär öffnete die Mappe und zählte den Betrag auf den Tisch.

Zarini nahm das Kollier in die Hand und legte es in die vorbereitete, mit Samt ausgeschlagene Kassette. »Überzeugen Sie sich bitte selbst, daß der Schmuck darin liegt, Contessa«, sagte er, »man kann bei so wertvollen Steinen nicht gewissenhaft genug sein, es geschehen oft die seltsamsten Dinge.« Damit schloß er die Kassette und überreichte sie der Kundin.

»Das haben Sie unheimlich geschickt gemacht, Zarini!«

»Ich führe den Trick jeden Abend auf der Bühne aus!«

»Ich habe Sie genau beobachtet und nichts bemerkt! Wenn das Kollier jetzt nicht in meiner Hand wäre –«

»Gestatten Sie?«

»Was fällt Ihnen ein? Warum nehmen Sie das Kollier an sich?«

»Erst gegen mein Honorar!«

»Mißtrauen?«

»Nennen Sie es Aberglauben.«

Der Juwelier legte zehn große Scheine auf den Tisch.

Zarini schob das Geld in die Tasche. »Ich lege jetzt das Kollier in Ihren Stahlschrank. Überzeugen Sie sich selbst, daß der Schmuck darin liegt.«

Das Kollier lag auf der grauen Stahlplatte im zweiten Fach. Zarini schloß die Stahltür und überreichte dem Juwelier den Schlüssel.

Der Artist rief ein vorüberfahrendes Taxi an. Noch einmal winkte er vergnügt zurück, der Juwelier applaudierte ihm hinter der hohen Glasscheibe seiner Tür. Dann schritt er zum Tresor und öffnete ihn. Erschrocken fuhr er zurück. Das Kollier war verschwunden. An seiner Stelle lag ein Brief:

»Ich hoffe, mein Herr, Sie waren mit meiner Sondervorstellung in Ihren Räumen zufrieden. Ich gebe gern zu, daß das Honorar außergewöhnlich hoch war. Wenn Sie aber bitte bedenken wollen, daß ich einen meiner berühmten Tricks zweimal hintereinander ausführte – zuerst vor Ihrer Kundschaft und dann vor Ihrem Tresor –, so wollen Sie bitte zugeben, daß mein Illusionsakt das Geld wert war. Das Kollier bringe ich in dieser Minute seiner Eigentümerin zurück und werde eine glaubhafte Erklärung dafür finden. Denn ich möchte nicht, daß Sie eine so kaufkräftige Kundin einbüßen, die Ihnen sicher oft ermöglichen wird, das Vergnügen zu haben, im Theater zu bewundern den Mann der hundert Tricks.«

Die Braut von Messina

»Ich lernte meine Frau Irene auf eine mehr sportliche Weise kennen«, erzählte Jan Kreibom. »Ich hatte mich in einem Münchener Atelier in ein Modell verliebt, das dem Maler für ein Bild ›Untreue‹ Modell stand, wovon ich keine Ahnung hatte, als ich mit vollen Segeln in ihren Hafen einlief. Als ich dann an der Reede ihres Herzens alle Ankerplätze – wenn auch oft nur für Tage und durch die bekanntesten Seefahrer und Freibeuter – besetzt fand, drehte ich kurzentschlossen bei und gewann wieder das weite Meer der Freiheit. So stand ich eines Tages auf dem Münchener Hauptbahnhof, trug meinen kleinen Koffer mit den sieben Sachen in der Hand und stieg in den nächsten Zug ein, der München verließ. Denn München hat unter seinen tausend Vorzügen auch den einen, daß es zahlreiche Züge besitzt, mit denen man die Stadt verlassen kann. Das ist oft im Frühjahr, wenn uns der Föhn die Gefühle ins Herz weht, nicht ohne Bedeutung.

Der Zug, in den ich gestiegen war, fuhr geraden Weges nach dem Süden, und ich verließ ihn erst auf seiner Endstation, als der Schaffner ans Abteil klopfte und rief: ›Messina! Alles aussteigen!‹ Sonderbar, jeder Reisende, der das erstemal Sizilien betritt und seinen Fuß nach Messina setzt, beginnt sogleich vergeblich nach den Spuren und Resten des großen Erdbebens und Brandes zu suchen. Auch ich fand sie nicht, hingegen lernte ich einen alten Bootsverleiher kennen, der mir die Vorzüge seines Bootes in so verlockender Weise schilderte, daß ich mich entschloß, das Boot zu nehmen und ein wenig um die Insel herumzurudern. Ich füllte es bis zum Rand mit Sardinen, Orangen, Brot, Käse und einigen Litern Capreser Wein, auch ein Angelzeug legte ich hinein, dann stieß ich vom Ufer ab.

Es waren herrliche Tage, die folgten. Ich ruderte an

Palermo vorüber, ich kreuzte am Leuchtturm von Trapani vorbei, ich sah die Felsen von Syrakus, den gewaltigen Ätna, die Schönheiten Taorminas, am nächsten Abend würde ich wieder in Messina sein. Ich legte mich in die Riemen und trieb mein Boot vorwärts, denn die Einsamkeit meines Herzens begann sich allmählich fühlbar zu machen. Schon tauchte die Stadt mit ihren schwermütigen Orangenhainen und den steilen Weingärten in der Ferne auf, da sah ich plötzlich unweit des Ufers in dem glasklaren blauen Wasser ein junges Mädchen schwimmen. Mir nahm es den Atem. Es war das schönste Mädchen der Welt, das ich je erblickt hatte! Wie ein lebendig gewordenes Märchen schwamm es vor mir im Wasser, und so sehr ich auch meine Augen anstrengte, ich konnte keinen Teil auch der bescheidensten Kleidung an ihr erkennen. Nackt war sie, nackt wie die goldenen und roten Fische neben ihr und unter ihr und über ihr! Und wie ich auch die kleinste Flosse der Fische erkannte, wie ich jede einzelne ihrer goldenen Schuppen zählen konnte, so deutlich sah ich auch das schwimmende Mädchen. Und ich muß gestehen, ich riß meinen Mund nicht weniger erstaunt auf, als die Fische im Wasser es taten.

›He! Hallo!‹ rief ich und hatte mich im Boot erhoben.

Das nackte Mädchen drehte erschrocken den Kopf zu mir. Dann versuchte sie, schnell das Ufer zu erreichen.

›He! Hallo!‹ wiederholte ich und ruderte schneller. Ich gebrauchte eine List. Ich steuerte mein Boot direkt auf das Ufer zu, warf das Ruder herum und schnitt ihr so den Weg ab. Sie aber, ihren Schwimmkünsten mehr als mir vertrauend, schwamm in das freie Meer zurück. Meine erste Eingebung war, ihr zu folgen. Aber ich fürchtete ihre Verzweiflung, und es sah nicht aus, als ob sie einen weiten Weg aus dem Meer auch zurückfände. So ließ ich die Ruder sinken und mein Boot am Ufer treiben. Und richtig, in nicht allzu weiter Entfernung verhielt auch das Mädchen und schaute zu meinem Boot herüber.

›Wollen Sie nicht endlich weiterfahren?‹ rief sie.

›Nein!‹ rief ich zurück.

›Warum nicht?‹

›Der Himmel wirft nicht jeden Tag ein schönes Mädchen vor mein Boot.‹

Sie schwieg.

Geschickt trieb ich mein Boot ein wenig näher.

Aber sie hatte es bemerkt. ›Das gilt nicht!‹

›Ich will es Ihnen leichter machen‹, rief ich, ›damit Sie nicht so laut schreien müssen!‹

›Sie sind sehr rücksichtsvoll!‹

›Das ist einer meiner Vorzüge!‹

›Ich bin nackt!‹

›Das sehe ich!‹

›Diese Offenheit –‹

›– ist einer meiner Nachteile!‹

›Schämen Sie sich!‹

›Das tue ich ja schon die ganze Zeit. Aber es nützt nichts. Das Böse in mir ist stärker als das Gute. Wenn Sie wüßten, welcher Kampf in diesem Augenblick in meiner Brust ausgefochten wird!‹

›Ein anständiger Mensch rudert weiter‹, rief sie und tauchte unter.

›Zugegeben‹, antwortete ich, als sie wieder auftauchte und ich in der Zwischenzeit mein Boot schnell ein wenig näher getrieben hatte, ›zugegeben! Dann wäre ich in Ihrer Einbildung ein anständiger Mensch, und Sie würden später anderen Männern dieses kleine Erlebnis heiter erzählen. Ich aber möchte in Ihren Augen lieber ein unanständiger Mensch sein und dafür die Freude haben, daß Sie später einmal mir erzählen, wie wir uns kennengelernt haben.‹

Sie antwortete nichts. Nach einer Weile rief sie: ›Es lohnt sich nicht, mich kennenzulernen!‹

›Warum nicht?‹

›Ich bin häßlich.‹

›Das habe ich bereits gesehen.‹

›Ich bin verheiratet.‹

›Von dem Mann ließe ich mich scheiden. Er paßt nicht zu Ihnen.‹

›Das wissen Sie nicht!‹

›Ein Mann, der seine Frau nackt schwimmen läßt, bewacht wenigstens ihre Kleider am Ufer, damit nichts gestohlen wird. Wenn er nun am Ufer wäre, müßte er längst herübergeschwommen sein, um Ihnen vor mir zu helfen. Entweder kann er nun nicht schwimmen, oder er ist kurzsichtig, oder er ist kein Held. In allen diesen Fällen aber paßt er dann nicht zu Ihnen, und ich mache Ihnen den Vorschlag, sich scheiden zu lassen.‹

›Um Sie zu heiraten?‹

›Ja. Augenblicklich bin ich der Nächste dazu. Ich mache Ihnen übrigens einen Vorschlag. Ich wende mich nach der anderen Seite, und Sie schwimmen unterdessen zu meinem Boot. Dann können Sie sich anhalten und unter dem Boot unsichtbar machen, was Sie unsichtbar zu machen wünschen. Sie sehen, ich bin kein Unmensch!‹

›Weiterrudern wollen Sie unter keinen Umständen?‹

›Unter keinen Umständen!‹

›Gut. Drehen Sie sich um! Ich komme.‹

Sie kam wirklich. Plötzlich tauchte ihr Kopf über der Spitze meines Bootes auf. Ich sah wirklich nur die Fingerspitzen und den Kopf. Ganz so ernst hatte ich es nun wieder nicht gemeint.

›Wenn Sie sich rühren, werfe ich das Boot um!‹ rief sie.

›Drohungen erwecken Wünsche!‹ antwortete ich.

›Bitte! Nein!‹

Sie war wirklich noch tausendmal schöner, als ich vermutet hatte. Warum soll ich sie euch beschreiben und euch somit den gleichen Qualen aussetzen, die ich damals litt?

Genug, ich litt, ich litt fürchterlich. Wenn man wochenlang ununterbrochen mutterseelenallein um eine Insel gerudert ist und der erste Mensch, der einem begegnet – ach, wozu die Qual wiederholen, die ich empfand? Wir plauderten, aber meine Gedanken waren nicht bei meinen Worten. Ich dachte und dachte, wie ich – ohne alles zu verderben – auch nur einmal meinen Arm um sie legen könnte. Vielleicht hatte sie den gleichen Wunsch, aber darf ein junges Mädchen ihn sich anmerken lassen?

›Ich bin nicht verheiratet‹, sagte sie plötzlich.

›Ich habe es auch nie geglaubt.‹

›Das wollte ich Ihnen nur zum Abschied sagen.‹

›Zum Abschied?‹

›Ja. Es ist spät. Ich schwimme zurück.‹

Ehe ich antworten konnte, war sie ins Wasser zurückgesunken. In schnellen Stößen schwamm sie dem Ufer zu.

Ich sprang auf. Rief verzweifelt: ›Ein Hai! Ein Hai!‹

›Ich komme!‹

Ich ruderte auf sie zu. Sie griff nach meinen Armen. Ich zog sie ins Boot.«

Als sie nach vielen Stunden nachts gemeinsam zum Ufer ruderten, soll, so erfuhren wir von Jan Kreibom, das nackte Mädchen gefragt haben: »Wo ist eigentlich der Hai hingeschwommen?«

Jan Kreibom drückte sie zärtlich an sich. »Irene«, sagte er, »vor Messina gibt es keine Haie. Wußtest du das nicht?«

Da versteckte sie ihren Kopf an seiner Schulter und gestand: »Ich wußte es, Liebster! Aber wenn ich gewußt hätte, daß auch du es wußtest –«

Die Neue an der Bar

»Vielleicht macht es mir Spaß, eine alte Jungfer zu werden, Papa!«

»Jedenfalls hast du noch Zeit dazu.«

»Ich bin immerhin bereits fünfundzwanzig, und noch kein Mann am Horizont.«

»Am Horizont stünden viele, Sabine. Nur ist meine Tochter nicht gnädig genug, den Horizont nach ihnen abzusuchen.«

Diese Gespräche finden durchschnittlich einmal in der Woche statt.

Herr Hinnen, bekannter Buchverleger seines Zeichens, wohnhaft in Lugano, ein wenig oberhalb, dort wo die Straße nach Ruvigliana hinaufgeht, eine Luxusvilla, zwölf Zimmer, wie sie einem erfolgreichen Verleger zusteht, hat eine einzige Tochter. Sabine heißt sie. Man darf sie getrost ein hübsches Mädchen nennen. Wäre sie arm, hätte sie an jedem Finger zehn Verehrer. Aber sie ist reich, das macht sie mißtrauisch. Außerdem hat Sabine noch einen Fehler. Sie ist gescheit, und das mögen die Männer nicht. Lieber eine häßliche Frau als eine kluge, sagen sie. Sie haben Angst um die eigene Reputation. Die Klugheit der Männer ist meist nur eine dünne Haut, und ritzt man sie an, quillt die Dummheit heraus. So hübsch Sabine ist, so klug ist sie auch.

»Gib doch zu, Papa, wo soll ich einen Mann finden, der zu mir paßt? Der vor allem auch zu dir paßt, das darfst du nicht vergessen.«

»Ich lasse dir völlig freie Hand, meine Tochter.«

»Du machst mir unentwegt Vorschläge.«

»Bei den alten Chinesen wählten die Väter ihre Schwiegersöhne. Das war nicht das Schlechteste. Ich hätte gern einen jungen Mann, der in meinen Verlag paßt.«

»In welchem Jahrhundert leben wir, Papa?«

»In einem sehr dummen Jahrhundert offenbar, wo die Töchter nicht mehr auf den Rat ihrer Väter hören.«

»Was du mir bisher präsentiert hast –«

»Meine Hauptattraktion hast du ja noch nicht gesehen.«

»Ich bin auf einen gewissen James Norman nicht neugierig.«

»Schade! Er ist immerhin mein bester Autor und auch sonst sehr tüchtig. Das wäre ein Teilhaber für meinen Verlag nach meinem Herzen. Auch was man sonst so über ihn hört –«

»Er ist ein Trinker. Er schreibt es von sich selbst.«

»Was Autoren über sich selbst schreiben, darf man nicht ernst nehmen.«

»Er kennt nur Bars und Whisky.«

»Er ist als Junggeselle öfter nachts im ›Maxim‹, weil er nach Mitternacht anderswo nichts mehr zu essen bekommt. Deswegen ist er dort Stammgast. Außerdem treibt er dabei seine Milieustudien –«

»Feines Milieu! Barfrauen auf Barhockern. Möglichst tief dekolletiert!«

»Ich habe noch nie gehört, daß Männer davon blind werden. Vielleicht interessiert es dich, daß ich Norman über Ostern zu uns eingeladen habe.«

»Zum wievielten Mal? Er wird absagen wie immer. Weiß er übrigens, daß du eine heiratsfähige Tochter hast?«

»Sicherlich haben wir uns gelegentlich einmal darüber unterhalten.«

»Eine Tochter, die eines Tages deinen Verlag erbt?«

»Das wird er sich zusammenreimen können. Ich verstehe wirklich nicht, was du mit deinen Fragen willst. Du kennst sein Foto auf meinem Schreibtisch, du verschlingst seine Romane, findest sie großartig, warum bist du nicht neugierig, unser bestes Pferd im Stall einmal in natura kennenzulernen?«

»Unsere Begegnung stünde in einem falschen Licht.«

»Vielleicht gefällst du ihm gar nicht.«

»Eben, Papa. Das soll es geben. Hör mich jetzt bitte an: wenn Norman über Ostern zu uns kommt, werde ich nicht daheim sein.«

»Aber ich habe ihn doch nur deinetwegen eingeladen.«

Sabine sagt: »Das wird er wissen, und deswegen hat er schon viermal abgesagt. Es spricht sich nämlich herum, daß du einen Mann für deine Tochter suchst. Darum werde ich diese peinliche Begegnung nicht mitmachen. Ich werde über Ostern zu einer Freundin fahren, skilaufen oder einen Trip nach Paris machen. Und zwar morgen schon. Du darfst mir deswegen ruhig böse sein, ich weiß, du wirst mir auch wieder gut. Sei froh, daß du mich noch eine Weile behältst.«

Da verhandelt man die Haut des Bären, ehe man ihn hat. Da verzehrt man den Hecht, der noch fröhlich im Wasser schwimmt. James Norman, ein junger Autor – nun ja, man schreibt Bücher, würde aber genauso gern Autos verkaufen, wenn es lustiger wäre, oder Häuser bauen, wenn man einen ließe, oder auch nichts tun, wenn das Nichtstun so rentabel wäre wie das Bücherschreiben, ich will damit sagen, man ist kein Schreibtischhengst, das Leben macht in jeder Ecke Spaß, seit fünf Jahren ist er gerade beim Bücherschreiben, vielleicht wird er in fünf Jahren, mit vierzig, ein Theater führen oder einen Klub aufmachen, einen James-Norman-Klub, wie es gegenwärtig Mode ist, einer wie er wird immer seinen Weg finden, oben zu bleiben, ohne sich zu langweilen – James Norman also ist vor zehn Minuten ins »Maxim« gekommen, am Gründonnerstag. Es ist wieder weit nach Mitternacht geworden, er hat den Zeiger der Uhr übersehen. Das vorletzte Kapitel seines neuen Buches, das er schon zu Ende glaubte, hat eine neue Überraschung ergeben, die man nicht aus den Händen lassen konnte. Jetzt wird der Roman fünf, sechs Kapitel mehr haben, sein Verleger Hinnen wird froh darüber sein, ihm können Bücher nicht dick genug sein, es ist ein Verlegeraberglaube, daß dicke Bücher besser gehen als dünne, vielleicht hat er sogar recht damit, wie seine Verkaufsziffern beweisen. Jetzt ist es mit der Besessenheit am Schreibtisch wieder einmal zu spät geworden, um noch irgendwohin zum Essen zu gehen, das alte Lied, man marschiert wieder ins »Maxim«, wo sie nichts anderes haben als ein Steak, es ist gar nicht so schlecht gekocht für ein Nachtlokal, man macht ihm auch einen anderen Preis, man kennt ihn hier, meist ist er der einzige männliche Gast, der etwas zu essen verlangt, sonst sind es immer nur die Barfrauen, die zur Umsatzsteigerung auf die Speisekarten deuten und dann das Essen stehen lassen, für später, wie sie sagen, wer weiß, wer dann das kalt gewordene Steak für zwölf Mark vertilgt.

»Charly, etwas zu essen!«

»Ein Steak, James?«

»Medium. Halb englisch.«

Man nennt ihn hier mit Vornamen. Das ist sonst in Bars nicht üblich. Aber Charly und James kennen sich schon seit weit über fünfzehn Jahren, sie haben einmal auf der gleichen Baustelle gearbeitet, damals, ehe James anfing, für Zeitungen zu schreiben, und ehe Charly hier seine Bar aufbaute, die ihm heute gehört, der Chef hinter der Theke, das ist immer ein gutes Zeichen für ein Nachtlokal. Wieviele Ziegel und wieviel Sack Zement haben sie damals in den kritischen Jahren, als es noch nichts gab, heimlich beiseite geschafft, um hier diesen Behelfsbau zu errichten, Ziegel und Bretter und Nägel, nur den großen Fensterstock mußten sie kaufen, sie gaben dafür Ziegel, die Ziegel waren auf der Baustelle nicht abgezählt, und auch vom Zement ließ sich mancher halbe Sack beiseite bringen, ohne daß es auffiel. So etwas verbindet, auch wenn gute fünfzehn Jahre seit damals vergangen sind.

»Wer ist die Neue bei dir an der Bar?« fragte James.

»Ich weiß nicht. Sie ist erst seit gestern da.«

»Sieht nett aus.«

»Ganz attraktiv.«

»Versteht sie ihr Handwerk?«

»Das Mixen schon.«

»Und sonst?«

»Frag sie selbst, James!« Er klopft ihm lachend auf die Schulter und ruft hinüber: »Baby! Dein Typ wird verlangt!«

»Okay.« Die Neue rutscht herunter von ihrem Hocker hinter der Bar und zeigt dabei ein paar recht erfreuliche Beine. Auch obenherum zeigt sie allerhand Beachtenswertes. »Hat der Herr Mitleid mit einer durstigen Seele?« fragt sie.

»Wenn die durstige Seele Mitleid mit des Gastes Brieftasche hat?«

»Sie trinken Whisky?«

»Ja. Dasselbe für Sie?«

»Danke. Ich nehme einen Orangensaft.«

»Mit Gin?«

»Nein. Ohne.«

»Welche Überraschung!«

»Er hat den gleichen Preis wie Ihr Whisky.«

»Dann bitte ich um Verzeihung«, sagt James. Er bietet ihr eine Zigarette an.

»Danke«, sagt sie. »Und Sie? Darf ich Ihnen auch eine anzünden?« Sie nimmt zwei Zigaretten aus einem Etui, nimmt beide gleichzeitig zwischen ihre Lippen, brennt sie an. »Hier bitte – es ist kein Rouge darauf.«

»Sie machen das sehr anmutig!«

»Es gelingt nicht immer. Es war eine Probe. Ich bin neu hier. Kommen Sie öfter hierher?«

»Beinahe täglich.«

»Ah! Stammgast?«

»Das kann man wohl sagen.«

»Also dürfen Sie nicht geneppt werden.«

»Ich gehöre nicht zu dem Typ, der geneppt wird, auch wenn er das erste Mal in einen solchen Laden kommt.«

»Kompliment!«

»Ich gebe es zurück, Baby!«

»Danke, Babysitter!«

Sie hat Witz, die Kleine. Sie hat auch sonst noch einiges. Als Norman Sekt bestellt, fragt sie: »Muß das sein?«

»Ich möchte mir nicht Charlys Feindschaft zuziehen, nachdem ich Sie so mit Beschlag belege.«

»Charly hat für mich ein anderes Mädchen hinter die Bar genommen.«

»Ich weiß, das ist hier üblich.«

»Was heißt hier üblich? Sie wissen doch, ich bin neu, ich lerne gern etwas dazu.«

»Das Übliche wäre, daß Sie mich bei meinem Vornamen nennen.«

»Also James?«

»Woher wissen Sie das?«

»Charly hat es mir zugeflüstet. Sie sollen ein berühmter Schriftsteller sein. Stimmt das?«

»Ich lebe davon.«

»Kann man das? Davon leben? Ich habe in der Schule gelernt, daß Schiller gehungert haben soll.«

James lacht. »Er schrieb auch ganz andere Geschichten als ich«, sagt er.

Die Minuten fliegen, die Stunden vergehen. Es sind viele neue Gäste in die Bar gekommen. Um diese Zeit ist die »Maxim«-Bar immer brechend voll, Nachtbummler kommen zu einem letzten Drink, zu einer ersten Zärtlichkeit.

Norman und die Neue von der Bar haben längst an einem Tisch Platz genommen, und aus der ersten und zweiten Flasche ist die dritte geworden. Als Norman die

Neue von der kleinen Tanzfläche zum Tisch zurückführt, fragt sie: »Was machst du Ostern, James?«

»Erinnere mich nicht daran, Baby.«

»Familie?«

»Mal den Teufel nicht an die Wand! Nein, keine Familie! Ich bin zu Freunden eingeladen. Nach Lugano.«

»In die Schweiz? Ich beneide dich!«

»Fahr mit!«

Das sagt man so im Schwips. Aus Übermut. Aus Galanterie. Man weiß, das Mädchen kann hier sowieso nicht weg. Aber es klingt nett, wenn man es sagt.

»Fahr mit!«

»Wörtlich?«

Gott sei Dank hat Norman noch klare Momente. »Nein. So wörtlich habe ich es nicht gemeint«, sagt er schnell, »aber es wäre fein, wenn du mitfahren könntest. Wir würden uns bestimmt nicht langweilen.«

Sie hat noch nicht verstanden, worauf es ankommt. »Wenn ich nun mitfahren könnte?« fragt sie.

»Dann käme ich in die größte Verlegenheit«, gesteht Norman offen, »ich bin in Lugano bei einem Verleger eingeladen. Ich bin also mehr beruflich dort. Verstehst du, ich kann dich nicht gut mitbringen.«

»Ich brauche ja nicht dort zu wohnen. Bring mich irgendwo in einem kleinen Hotel unter.«

»Die Hotels in Lugano sind zu Ostern alle überfüllt.«

Die Ausrede ist offensichtlich. Das Mädchen spürt es. »Du willst nicht. Warum sagst du es dann erst?«

»Das hat mit meinem Willen nichts zu tun, Baby. Aber ich hätte dort keine Zeit für dich. Es ist eine sehr ehrenwerte Familie, wo ich hingehe. Da ist eine Tochter im Haus, auch andere Gäste – ich hätte keine Zeit, dich zu sehen oder gar mit dir spazierenzugehen.«

»Lieber gehst du wohl mir der Tochter spazieren?«

»Ich gehe auch nicht mit der Tochter spazieren, versteh doch! Ich kenne die Tochter überhaupt nicht.«

»Man wird dich einfangen.«

»Vielleicht hat man das vor, aber –«

»Du glaubst?«

»Der Vater hat so eine Andeutung gemacht, daß er mich gern als Schwiegersohn sähe –«

»Das muß sehr peinlich für die Tochter sein, wenn du jetzt hinkommst – ist die Tochter reich?«

»Ihr gehört einmal der Verlag.«

»Aha! Darum geht es dir besser als weiland Schiller. So machen das heute die Schriftsteller!«

»Sei nicht albern!«

»Dann beweise, daß du anders denkst, und nimm mich mit!«

»Ich denke nicht daran!«

James Norman dachte in dieser Minute wirklich nicht daran, trotzdem ihm die Kleine gefiel, sehr gut gefiel, über alle Erwartungen hinaus gut gefiel und auch so gar nichts von einem Barmädchen an sich hatte. Wir Männer gehen in eine Bar und suchen eine Unterhaltung mit einer Barfrau. Aber sie soll möglichst keine sein. Finden wir keine nach unserem Geschmack, wechseln wir das Lokal. Finden wir aber eine, deren Anblick und Einblick uns beglückt, ärgern wir uns wieder, daß sie keine Pfarrerstochter ist. Uns Männern kann man es nie recht machen. Gelegentlich verlieben wir uns sogar in so einem Laden. Wir haben hier die Zeit und die Muse, die uns am Tag fehlt, zu einem netten Gespräch, unser Herz ein wenig aufzuschließen und auszuschütten, und plötzlich ist es passiert. James Norman ist es auch passiert. Soeben. Meist sind es nur zehn Minuten, mittendrin, die ausreichen, sich in ein Mädchen zu verlieben, und zwar gründlich zu verlieben. Diese zehn Minuten sind jetzt bei James gekommen.

Er springt auf. »Ich telefoniere jetzt!« ruft er. »Wo ist das Telefon?«

»Wen willst du nachts um drei Uhr anrufen?«

»Lugano. Meinen Verleger. Ich will ihm sagen, daß ich Ostern nicht komme.«

»Aber doch nicht nachts um drei, James!«

Neuverliebte, noch dazu vom Wein berauscht, sind stur.

»In der Schweiz ist es jetzt früh um zehn!«

»Du verwechselst das mit Amerika!«

»Die Schweiz liegt in Amerika!«

Glücklicherweise weiß er die Nummer in Lugano nicht auswendig. Er setzt sich also wieder an seinen Tisch zurück. Er telefoniert auch am nächsten Tag nicht. Am nächsten Tag ist er wieder nüchtern, aber immer noch so verliebt wie am Abend zuvor. »Also gut, ich fahre hin, Baby«, sagt er, »aber dich nehme ich mit. Ich lasse dich nicht eine Minute mehr von meiner Seite – ich teile meine Zeit zwischen dir und meinem Verleger.«

»Wirst du sie gerecht verteilen?«

»Ganz gerecht. Vier Stunden ihm und zwanzig Stunden dir.«

Der Verleger Hinnen ist mit den vier Stunden, die sein Besucher für ihn Zeit hat, gar nicht einverstanden. Jetzt, wo James Norman endlich einmal bei ihm in Lugano ist, wird er versuchen, ihn so lange wie möglich hier festzuhalten. Er verrennt sich immer tiefer in seinen Plan, Norman als Schwiegersohn zu gewinnen. Er findet nur Vorzüge an ihm. Sabine wird sich in ihn verlieben, daran besteht kein Zweifel. Er kennt doch seine Tochter und weiß, welche Männer ihr gefallen. Und dieses dumme Ding ist abgehauen, einfach abgehauen, sechs Tage schon. Und hat nicht geschrieben, kein Wort, wie lange sie bleiben wird und wann sie zurückkommt. Dabei scheint Norman gerade in der rechten Stimmung, bißlustig wie eine Forelle; wenn nur das Wort Liebe zur Sprache kommt, wird er lebendig wie ein Primaner. Da fallen Sätze wie: »Oft genügen zehn Minuten, um sich bedingungslos zu verlieben« oder: »Es wird allmählich Zeit, daß ich eine Frau fürs Leben finde. Das wird einmal bei mir sehr schnell gehen, passen Sie auf!« Und dann ist dieses Miststück von Tochter nicht im Haus!

»Wie ist die reiche Tochter?« fragt den Schriftsteller sein Mädchen, das er in einem kleinen Hotel, etwas abseits von Lugano, untergebracht hat.

»Nicht halb so hübsch wie du!« sagt er und küßt sie.

»Hast du sie gesehen?«

»Nein. Gesehen noch nicht. Aber –«

»Wie kannst du dann sagen, daß sie halb so hübsch ist wie ich?«

»Weil jede andere Frau auf der Welt nur halb so hübsch sein kann wie du!«

»Ach! Du bist verrückt!«

»Ja. Auf dich!«

Dann küssen sie sich wieder zehn Minuten lang, und der Himmel kommt zu ihnen herunter auf die Erde. Ach, ich will euch nicht den Mund wäßrig machen, aber der ganze große See um Lugano herum würde die Glut ihrer Herzen nicht zu löschen vermögen, und die zärtlichen Worte, die sie tauschen, fliegen als weiße Wölkchen über den dunkelblauen See.

»Komm, wir fahren zurück«, sagt James, »ich finde einen Vorwand, schon am Ostermontag abzureisen!«

»Ich liebe dieses Zimmer!«

»Wir werden ein anderes Zimmer finden, eine ganze Wohnung, ein ganzes Haus für unsere Liebe!«

»Es ist nicht mehr dasselbe wie hier – wenn wir zurück sind, muß ich wieder in die Bar –«

»Untersteh dich! Nicht eine Stunde! Was fällt dir ein?«

»Was hast du vor?«

»Standesamt, Kirche, Hochzeitsreise, Kinderkriegen und ein geruhsames, ehrengeachtetes Alter!«

»Du mein Liebster!«

»Du meine Liebste!«

Da war das entscheidende Wort gesagt.

Am Ostermontag, dem letzten Tag, den Norman im Hause seines Verlegers zubringt – es ist Hinnen nicht gelungen, Norman zu bewegen, ein paar Tage zuzugeben –, sitzen sie beim Frühstück auf der Terrasse mit dem Blick über den See hinweg.

Da wird Hinnen zum Telefon gerufen. Er kommt lange nicht zurück, so lange, wie ein Boot braucht, über den See zu rudern. Als er aus dem Haus tritt, ist er völlig verändert. »Eine frohe Nachricht«, sagt er, »meine Tochter hat soeben angerufen, sie wird gleich hier sein – wir werden dann gemeinsam mittagessen –«

»Ich muß Sie leider enttäuschen«, sagt Norman, »ich bin leider heute zu Mittag verabredet.«

»Können Sie nicht absagen, lieber Norman?«

»Es handelt sich um eine junge Dame.«

»Eine junge Dame? Haben Sie sie hier auf Ihren Spaziergängen kennengelernt?«

»Nein. Wir kennen uns bereits von zu Hause.«

»Dann bringen Sie sie doch einfach mit zu Tisch.«

»Ich muß Ihnen einen Kummer machen. Sie haben einen Junggesellen eingeladen, und ich bin nur noch ein halber.«

»Was? Sie sind verlobt?«

»Man kann es so nennen.«

In diesem Augenblick läutet es an der Gartentür Sturm. Etwas kommt über den Kiesweg gelaufen, an den Rosenstöcken vorbei, auf die Terrasse zu, nimmt zwei Stufen auf einmal. Norman traut seinen Augen nicht, aber ehe er noch dazu kommt, etwas zu sagen, fliegt ihm sein Mädchen aus der Bar um den Hals, achtet nicht auf den Dritten, den Hausherrn, sondern küßt James ungeniert auf die Nase, Mund, Augen, Kinn und Wangen und wohin sie trifft. James Norman steht wie versteinert. Vor Verlegenheit getraut er sich nicht, den Überschwang ihrer Zärtlichkeiten zu erwidern, kaum entgegenzunehmen, er ist – das geschieht ihm zum ersten Mal in seinem Leben – dieser Situation nicht gewachsen. Dann aber reißt er sich zusammen, lächelt ein wenig hilflos zu Hinnen hinüber und sagt: »Verzeihen Sie, als Verleger sind Sie sicher einiges von Ihren Autoren gewöhnt – das ist meine Verlobte, von der ich soeben zu Ihnen sprach.«

Herr Hinnen scheint tatsächlich einiges gewohnt zu sein. Er verändert sein Gesicht überhaupt nicht. »Ich habe die Höflichkeit und das Verständnis eines alten Chinesen«, sagt er, »Chinesen sind durch nichts zu überraschen.«

»Entschuldigen Sie trotzdem. Ich war nicht darauf vorbereitet, daß diese junge Dame, meine Braut, so überraschend hier hereinschneit.«

»Ich beglückwünsche Sie zu Ihrer Wahl. Jetzt können Sie wenigstens zum Mittagessen bei uns bleiben. Meine Tochter wird sich freuen, auf Ihr Wohl und Ihr Glück zu trinken.«

»Sie meinen –«

»Ja«, sagt Herr Hinnen, »fragen Sie sie doch selbst. Die junge Dame, die Sie mir als Ihre Braut vorstellen, ist meine Tochter Sabine. Sie hat mir vorhin am Telefon bereits alles erzählt, auch daß sie Sie nur mit Mühe daran hindern konnte, mich nachts um drei Uhr aus Ihrem geliebten ›Maxim‹ anzurufen . . .«

Der erste Urlaub

Die Vorfreude auf eine Reise ist der schönste Teil der Reise. Carola träumte seit Wochen Tag und Nacht von ihrer kleinen Reise. Fünfhundert Mark sollte sie kosten, genau das Monatsgehalt einer Stenotypistin, das sie sich gespart hatte, keine Mark darüber und darunter besaß sie, aber es war ja auch alles im Preis eingeschlossen. Fahrt, Verpflegung, Übernachtung, Ausflüge, selbst die Getränke und zehn Postkarten mit zehn Briefmarken hatte die Reisegesellschaft bewilligt. Sie würde Innsbruck sehen, Bozen, Meran, in Sirmione am Gardasee unter Palmen spazierengehen, und einen Tag sogar nach Venedig hinüberfahren, am Markusplatz die Tauben füttern, die Glocken vom Campanile hören, sie würde vor dem Dogenpalast und vor der St.-Markus-Kirche stehen und in der Dämmerung in einer der mit schwarzem und rotem Samt ausgepolsterten Gondeln über den Canale Grande fahren, am Goldenen Palast vorbei, am Palazzo d'Oro, ehe sie nachts ihre Heimreise wieder antrat. Sie hatte alle Verheißungen des Reiseprospektes so oft gelesen, daß sie sie schon auswendig kannte. Es war ihre erste große Reise, wen wundert es, daß ein junges Mädchen Tag und Nacht davon träumt und sich ausmalt, wie es sein wird?

Und dann kam dies, acht Tage vor Reisebeginn, genau an dem Tag, als sie ihre ersparten fünfhundert Mark bei dem Reisebüro gegenüber einzahlen wollte, es kam ganz unerwartet . . .

Herr Hegewald, Hauptkassier von Beruf, erst seit kurzem im Haus, ganz anders als die anderen jungen Leute in seinem Alter, ein wenig schüchtern, aber vielleicht gerade deswegen in Carolas Augen doppelt liebenswert, ohne daß zwischen ihnen mehr vorgefallen war als ein verirrter

Blick aus seinen Augen in die ihren, und daß er ihr immer in den Mantel half und immer mit ihr zugleich aus der Tür ging, auch gelegentlich früh auf der Straße vor dem Haus auf sie gewartet hatte, von weitem den Hut zog, ohne mehr von ihr zurückzubekommen als den Wunsch eines guten Morgens – besagter und geschilderter Herr Hegewald nun klopfte eines Tages in der Mittagspause an die Tür des Zimmers, in dem sich Carola gerade allein zum Frühstück niedergelassen hatte, ein belegtes Brot, eine Flasche Milch und einen Apfel auf dem Tisch. Als Carola »Herein!« rief, streckte Herr Hegewald seinen Kopf durch den Türspalt und fragte mit völlig verstörtem Wesen: »Sind Sie allein, Fräulein Tetzner?«

»Ja. Was gibt es?«

Herr Hegewald schloß schnell die Tür hinter sich, sah sich nach allen Seiten um und stieß schließlich stotternd hervor: »Ich bin in einer tödlichen Verlegenheit –«

»Sagen Sie es ungeniert!«

»Das ist gar nicht so leicht – Sie werden dann mehr wissen wollen, und das kann ich Ihnen nicht anvertrauen – kurz: Ich brauche –« Er brach ab, setzte auf ihren fragenden Blick neu an und sagte: »Ich brauche dringend noch heute fünfhundert Mark.«

»Wofür?«

»Das ist es eben, was Sie nicht fragen dürfen.«

»Hängt es mit der Kasse zusammen?«

»Bitte keine Fragen!«

Carola war von seiner Bitte so überrascht, daß sie ihr Frühstücksbrot, ohne weiterzuessen, wieder ins Papier wickelte. »Ich würde Ihnen gern das Geld leihen«, sagte sie, »aber ich besitze keine fünfhundert Mark.«

»Wirklich nicht?« Er starrte auf den Boden. Anzusehen wagte er sie nicht bei dem, was er jetzt sagte: »Besitzen Sie wirklich keine fünfhundert Mark?«

»Wirklich nicht. Wie kommen Sie darauf?«

»Sie wollen doch eine Urlaubsreise machen?«

»Ach, das Geld meinen Sie?«

Es kam für Carola gar nicht in Frage, daß sie ihre fünf großen blauen Scheine, die sie in einem Umschlag in ihrer Handtasche trug, nicht in das Reisebüro hinübergetragen hätte.

»Ich kann über das Geld nicht mehr verfügen.«

»Es war meine letzte Hoffnung.«

»Steht es wirklich so schlimm um Sie?«

»Mein Leben ist ruiniert, wenn ich das Geld nicht bekomme.«

Das Herz eines jungen Mädchens ist eben das Herz eines jungen Mädchens. Man kann es leicht verwirren, es klopft manchmal schneller, und dann gehört nicht allzuviel dazu, es zu überreden. So schüchtern auch Herr Hegewald bisher gewesen war, jetzt legte er eine Beredsamkeit an den Tag, schilderte Tod und Verderben, Niedergang und Ruin eines jungen Mannes so herzzerbrechend, daß es Carola bald als Sünde gegen die Menschlichkeit erschien, hätte sie in Sirmione unter Palmen gefrühstückt und auf dem Markusplatz in Venedig die Tauben gefüttert, wenn zur gleichen Stunde hier einem Menschen der Hals abgedreht wurde. Sie fragte dreimal ihr Herz, was sie tun sollte, und ihr Herz antwortete dreimal: »Für einen anderen vielleicht nicht, aber für ihn? Überleg es dir gut: Für ihn?« Da hatte sie nachgegeben, war in das Reisebüro hinübergegangen, mit leerem Umschlag, und hatte sich von der Teilnehmerliste der Sommerreise streichen lassen. Als sie wieder zur Tür heraustrat, blieb sie noch lange vor dem Schaufenster stehen und betrachtete die dort hängenden großen bunten Bilder: das goldene Dachl in Innsbruck, die Laubengänge von Bozen, das dunkle Blau des Gardasees und den Canale Grande mit dem so schönen Gondoliere, der aufrecht in seiner Gondel stand und über das Liebespaar vor ihm hinwegsah. Carola stand direkt im Blickfeld seiner Augen. Aber so schön, wie sie bisher von ihm geträumt hatte, fand sie ihn mit einem Mal gar nicht mehr. Und das Liebespaar, das in der Gondel saß – der Mann sah Herrn Hegewald gar nicht so unähnlich.

Acht Tage waren es noch bis zum Beginn ihres Urlaubs, den sie sich einmal so schön geträumt hatte. Jetzt würde sie daheim bleiben müssen, ohne einen Pfennig Geld, nicht einmal fürs Kino reichte es mehr. Aber man kann ja auch am Stadtbach spazieren gehen oder in der Sonne auf einer Bank sitzen, auch hier singen die Vögel in den Zweigen, und statt des alten goldenen Dachls von Innsbruck wird sie auf das neugedeckte rote Dach der alten Mühle sehen. Farbe ist Farbe, das Gold ist nur seltener, nicht schöner. Herrn Hegewald hat sie seitdem nicht mehr zu Gesicht bekommen. Er schien sich absichtlich unsichtbar zu machen, das ist nur verständlich nach dem, was zwischen ihnen vorgefallen war, wie er das Geld an sich genommen hatte, aus ihrer Tasche in die seine, ohne mehr als ein flüchtiges Wort des Dankes, doch ja, er war noch einmal in der Tür stehen geblieben und hatte gesagt: »Vielleicht kann ich es Ihnen früher zurückgeben, als es jetzt den Anschein hat.« Aber wer glaubt einem Mann, der ein Mädchen anborgt, in einer solchen Situation?

Am Freitag vor dem Wochenende – sie schlossen schon um zwei, und es war bald so weit – klopfte Herr Hegewald an ihrem Zimmer und trat ein. Er blieb in der Tür stehen. »Was werden Sie jetzt im Urlaub unternehmen, nachdem Sie durch meine Schuld ...«

»Machen Sie sich keine Sorgen. Ich bin schon darüber hinweg. Der Traum ist begraben.«

»Ich hatte auch einen Traum. Um ihn zu Ende zu träumen –«

»Um ihn zu Ende zu träumen?«

Er ergänzte: »– mußte ich die fünfhundert Mark von Ihnen haben. Mir blieb kein anderer Weg, als Sie darum zu bitten.«

»Vergeben und vergessen.«

»Auch mein Urlaub beginnt morgen. Jetzt kann ich Ihnen sagen, wozu ich das Geld brauchte. Für meinen Traum. Ich hatte meiner Mutter geschrieben, daß ich ihr im Urlaub ein junges Mädchen mitbrächte, das recht dazu angetan wäre, ihre Schwiegertochter zu werden.«

Carola fiel der Apfel aus der Hand. »Dafür haben Sie mein Urlaubsgeld gebraucht?« fragte sie empört.

»Ich war in einer Zwangslage. Ich hatte Mutter so viel über das junge Mädchen geschrieben, Mutter wollte es gern kennenlernen, wir haben einen großen Hof mit Fischweihern und Wald. Mutter hatte bereits Kuchen gebacken, ein Schwein geschlachtet – ich konnte nicht anders, ich konnte Mutter nicht enttäuschen.«

»Das war also Ihre Notlage, die Sie mir so beredt schilderten?«

Er zuckte die Schultern. »Das Mädchen wäre nicht mitgefahren, wenn das Geld nicht in meine Tasche gewandert wäre. Ich mußte also dafür sorgen, daß es seine Urlaubsreise nicht zahlen konnte und im Land blieb, um mit mir aufs Land zu fahren.«

»Hätten Sie sich doch dann das Geld von ihm geben lassen!«

»Da habe ich ja getan!« rief Herr Hegewald. »Es ist immer dasselbe Mädchen. Leider hat es einen so winzig kleinen Verstand, daß es immer noch nicht gemerkt hat, warum ich ihm in der letzten Minute die fünf blauen Scheine abnahm und warum ich ihm sagte, daß mein Leben ruiniert sei, wenn es mir meine Bitte nicht erfüllt ...« Damit legte er ihr das Geld wieder auf den Tisch, und es waren dieselben fünf Scheine, die vor sechs Tagen in Carolas Handtasche gewesen waren.

Wenn Herrn Hegewalds Mutter nicht gestorben ist, freut sie sich noch heute über den glücklichen Einfall und die Wahl ihres Sohnes, Carola ins Haus zu bringen, denn es lebt sich einsam in einem so großen Hof ohne das Lachen der Enkel, wenn sie, die Großmutter, mit einer langen Stange im Herbst die Nüsse vom alten Nußbaum schlägt.

Mach dich nicht billig, dann bist du nicht billig!

Das Hotel, in dem ich lebte, beherbergte einen Teppichhändler. Er wohnte acht Tage Wand an Wand mit mir.

Eines Tages sah ich durch die offene Tür seines Zimmers ein Stück seiner Ware auf dem Boden liegen, einen Teppich von so unsagbarer Schönheit und genau von dem Format, wie ich ihn mir für mein Arbeitszimmer mein Leben lang gewünscht hatte. Denn ein Teppich hält nicht nur die Füße warm, er wärmt auch die Gedanken, daß die dichterischen Einfälle keimen. Auf einem Teppich kann man an trostlosen Tagen spazieren gehen, ein bunter Teppich ist wie eine Blumenwiese auch im Winter, ein Stück Zuhause, wo immer man sich mit ihm aufhält. Meine Teppichnarretei gleicht meiner Gartennarretei, nur kann ich für wenige Pfennige meine bunten Blumen im Garten selbst säen; auf der Teppichwiese kosten sie – das läßt sich nicht leugnen – eine Menge Geld.

Ich hatte mein ganzes Leben auf einen Teppich gespart, und als ich jetzt durch die offene Tür einen Teppich liegen sah, wie ich keinen schöneren je gesehen hatte, so vollendet schön, daß ich mich auf den ersten Blick in ihn verliebte und ihn zu besitzen begehrte, klopfte ich an die offene Tür, um den Teppichhändler, der sich im Bad nebenan rasierte, herbeizurufen. »Ist dieser Teppich zu verkaufen?« fragte ich.

Er sagte: »Er gehört zu meinen wertvollsten Stücken.« Er nannte den Preis. »Zweitausend Mark«, sagte er.

Nun gut, es war ein großer Teppich, aber zweitausend Mark sind auch ein großes Stück Geld.

Er sah es meinem Gesicht an, daß ich diesen Betrag nicht bei mir trug, und sagte: »Sie können ihn bezahlen, wie es Ihnen bequem ist – heute, morgen, in einem Jahr . . .«

Wie hätte ich ihm gestehen sollen, daß es mir nie bequem sein würde und ich weder heute noch morgen noch in einem Jahr diese Summe beieinander haben würde? Aber Teppichhändler sind gewiegte Psychologen. Ein Teppichhändler braucht keine Teppiche, wenn er nur in der Seele des Kunden zu lesen versteht, die Seelenkunde ist sein Handwerkszeug. Teppiche sind überall zu beschaffen, kauflustige Kunden nicht. Mein Teppichhändler, der eine Woche lang Wand an Wand mit mir gewohnt hatte, kannte mich und meinen pekuniären Zustand offenbar schon, ehe ich an die Tür geklopft hatte. Ja, vielleicht hatte er absichtlich seine Tür offenstehen lassen, und der vor meinen Augen ausgebreitete Teppich war der Speck in der Falle, mich anzulocken. Wer weiß das? Bei fliegenden Teppichhändlern ist jedes Ding möglich.

»Der Teppich gefällt Ihnen?« fragte er.

»Ja. Sehr. Nur –«

»Ist es der Preis, der Sie stört?«

»Rund heraus gesagt: Ja.«

»Da ist das letzte Wort noch nicht gesprochen – Sie sind mir sympathisch, ich hänge nicht am Geld, ich muß auch einmal nichts verdienen – sagen wir achtzehnhundert –«

Ich sagte, nur um etwas zu sagen und die Verführung loszuwerden: »Fünfzehnhundert.«

Ich hätte auch die Fünfzehnhundert nicht im Sack gehabt, ich wollte damit das Gespräch, in das ich mich eingelassen hatte und das mir allmählich Angst machte, nur beenden, denn eine Ware, die zweitausend kostet, kann keiner für fünfzehnhundert hergeben. Er konnte es.

»Einverstanden. Fünfzehnhundert. Weil Sie es sind. Weil Sie etwas von Teppichen verstehen. Wie wollen Sie ihn zahlen? In bar? Mit Scheck?« Schon hielt er die Hand auf, um mein Geld in Empfang zu nehmen.

Ich stotterte erschrocken: »Ich muß es mir noch überlegen – so schnell kauft man kein so teures Stück, das muß zuerst bedacht werden.«

Ich wollte den Teppich, ich wünschte mir den Teppich, ich begehrte ihn, er wurde in meinen Augen von Minute zu Minute schöner, aber fünfzehnhundert Mark, es kam mir fast wie eine Sünde vor, daß ein einzelner Mensch so viel Geld nur für die Schönheit bezahlen sollte.

»Ich ziehe heute mittag aus dem Hotel aus«, sagte er, »bis wann brauchen Sie Bedenkzeit?«

»Wenigstens einen Tag«, sagte ich.

»Könnten Sie sich sofort entschließen, wenn ich den Preis noch etwas herunterließe?«

»Ich will Sie nicht berauben«, sagte ich.

»Sie berauben mich nicht. Wenn ich den Teppich mitnehme, kostet mich der Transport auch Geld. Die zweihundert Mark kann ich nachlassen. Also dreizehnhundert, wenn Sie sofort zugreifen. Sehen Sie sich das schöne Stück an. Der Teppich ist für den Preis ein wahres Geschenk.«

Im Verhältnis zu dem zuerst geforderten Preis waren dreizehnhundert wirklich ein Geschenk, der Mann schien mir in Geldnöten, vielleicht konnte er sein Hotelzimmer nicht bezahlen, anders war dieser Nachlaß einfach nicht zu verstehen. Er bemerkte mein Zögern, sah auch mein Begehren, wie ich den Teppich verliebt anstarrte, er heizte meiner Glut nach, das Feuer im Ofen meiner Wünsche sollte nicht ausgehen, er sagte: »Also meinetwegen – in Gottes Namen – damit ich mit leichtem Gepäck reise – zwölfhundert –« Und als er mich immer noch nicht bereit sah: »Tausend Mark für Sie – jetzt dürfen Sie aber kein Wort mehr sagen – soll ich Ihnen den Teppich gleich ins Zimmer hinübertragen?«

Tausend Mark hatte ich mir für einen Teppich gespart. Ich hatte Mark für Mark zusammengelegt, um mir eines Tages einen so schönen Teppich kaufen zu können. Jetzt stand ich am Ziel meiner Wünsche, ich brauchte nur zu nicken, und ich hatte ihn. Aber auf einmal waren mein Kopf und mein Herz voller Bedenken. Wenn ein Mann bei zweitausend Mark tausend Mark heruntergehen kann, da muß doch ein Wurm drin sein, sagte ich mir. Vielleicht ist dieser Teppich gar nicht so schön, wie ich mir eingebildet habe, vielleicht ist er überhaupt nichts wert und hat versteckte Fehler? Alles auf der Welt hat doch seinen Preis, und man bekommt nichts auf der Welt zum halben Preis. Ich sah den Teppich mißtrauisch an. Er erschien mir auf einmal recht billig, weil man ihn billig gemacht hatte, geradezu schäbig, und es war doch der gleiche Teppich, der noch vor wenigen Minuten in meinen Augen voller Glanz war. Ich war nicht entsetzt gewesen, als er in seiner Schönheit zweitausend gekostet hatte, das war er mir wert gewesen, ich besaß nur nicht das Geld, um ihn zu bezahlen. Jetzt aber, wo er nur tausend kostete, erschien er mir auf einmal sehr zwielichtig und nicht einmal die tausend wert.

»Ich kann mich immer noch nicht entschließen«, sagte ich zu dem Händler.

»Das müssen Sie mit sich und mit Gott abmachen«, sagte der Händler, der den Namen Gottes gern unnütz im Mund führte, »ich mache Ihnen ein Geschenk, und Sie nehmen es nicht an.«

»Vielleicht entschließe ich mich noch.«

»Sie sind doch ein erwachsener Mensch. Sie müssen doch wissen, was Sie wollen. Würden Sie wollen, wenn ich achthundert sage?«

Ich begann den Teppich zu hassen, der mich in diese Lage gebracht hatte. Dieser billige Fetzen da am Boden, ein Kumpan des Händlers, der mich bedrängte! Wie hatte er mir auch nur eine Minute gefallen können?«

»Siebenhundert!« rief der Händler.

»Ich –«

»Geben Sie mir sechshundert –«

Ich konnte den Anblick dieses schäbigen, billig gewordenen Teppichs nicht mehr ertragen. Er erschien mir wie Abfälle auf dem Gemüsemarkt nach der Marktzeit, nicht des Zusammenkehrens wert. Mir grauste vor ihm, mich ekelten seine Farben an und seine roten Töne, die mir noch vor wenigen Minuten wie der Purpur eines Kardinals erschienen waren. Wortlos griff ich nach meinem Hut und stürzte aus dem Zimmer.

Ich wurde an diesen Teppich, der mir die Freude am schönen Stück verdarb, weil er sich unter Wert anbot, erinnert, als ich gestern ein junges Mädchen kennenlernte, das so schön war, daß ich bei ihrem Anblick von einer Hochzeitsreise nach Florenz träumte und mein Leben für sie hinzugeben bereit war, entschlossen, sie zu heiraten und zwölf Stunden am Tag zu arbeiten, nur um sie verwöhnen zu können. Aber als sie vorschlug, mit mir in ein Espresso mit einer Musikbox zu gehen, und sich schon in der ersten Nacht ohne Widerstand küssen ließ, schrieb ich im Andenken an diese kurze Bekanntschaft die Teppichfabel mit der Moral: Mach dich nicht billig, dann bist du nicht billig! Denn auch in der Liebe wollen wir Männer gern den vollen Preis bezahlen: Das ist Heirat, Trauschein und Familie.

Ich setze mich auf Kittys Platz

Kitty hatte sich etwas in den Kopf gesetzt.

Da saß es, und da rumorte es, und eines Tages kam es heraus.

»Mein lieber Johannes –«, begann meine Frau harmlos.

Sogar der Klang ihrer Stimme war in dieser Minute einschmeichelnd, das ist er nicht immer. In unseren langen Ehejahren erklingen oft ganz andere Töne. Aber wenn Kitty bei mir etwas durchsetzen will, beginnt sie immer mit ihrer Sonntagsstimme, die sie sich noch von damals bewahrt hat, als sie mich in unserer ersten Jugendblütenpracht fragte: »Bist du eigentlich gegen das Heiraten, Johannes?«

Ich war es nicht. Ich war weder dagegen noch überhaupt gewappnet gegen diese Frühlingsstimmenfrage. Ich tappte hinein, die Falle schloß sich über mir, und ich hatte jetzt neben dem Speck den Käfig. Jedoch, ich muß zugeben, es ist eine recht harmonische und friedliche Ehe daraus geworden.

»Mein lieber Johannes«, sagte also Kitty eines Morgens beim Frühstück und reichte mir eine Semmel, »warum sitzest du nicht einmal anders?«

»Wieso? Sitze ich schief?«

»Weder schief noch falsch«, sagte Kitty, »aber du sitzest seit zehn Jahren immer auf dem gleichen Platz am Tisch. Du sitzest mit dem Rücken zur Wand, hast dir sozusagen die Schönseite am Tisch ausgewählt, den Platz mit dem Blick aus dem Fenster, der Tisch ist so gedeckt, daß er von dir aus den schönsten Anblick bietet, sogar die Blumen in der Vase wenden dir ihre Köpfe zu, und vor deinen Augen breitet sich unser einziger Teppich aus und läßt dich wohlhabend erscheinen – wie wäre es, wenn wir zwei einmal den Platz tauschen würden?«

»Ich soll dort sitzen, wo du sitzest?«

»So ist es gemeint«, sagte Kitty.

Ich wußte zwar noch nicht, warum es so gemeint war. Ich habe mir abgewöhnt, darüber zu grübeln. Ich erhob mich und tauschte mit Kitty den Platz.

Ich saß kaum fünf Minuten – die Kinder löffelten rechts und links von mir ihr Sonntagsei und die Enkel ihren Brei –, da versank ich in tiefe Bitternis. So kann unser Frühstückstisch also auch aussehen, wenn man nicht an der Schönseite sitzt? Der ganze Zauber unseres Frühstücks war dahin. Laßt es mich schildern, was ich sah und erlebte.

Ein Frühstücksgeschirr ist nicht für die Ewigkeit bestimmt. Es hat seine glänzende Jugend, seine oft gespülten hohen Jahre, sein müdes Alter. Porzellan ist Sache der Frau, sagt der Mann, aber wenn von sechs Tassen nur noch eine einzige einen Henkel hat, die anderen ihn entbehren und jede oben am Rand ausgeschartet ist, die Untertassen einen Sprung aufweisen, der Henkel der Kaffeekanne schon zweimal grob gekittet ist und beim Sahnekännchen ganz fehlt, das fällt einem schon auf. Bisher wußte ich nichts davon. Ich bekam stets liebevoll die letzte heile Tasse hingestellt, das übrige Geschirr in ein günstiges Licht gestellt, die fehlenden Henkel nach hinten gedreht und vor mir versteckt, meine Frau hatte die Kinder darauf geradezu einexerziert, damit Vater sich nicht ärgert – das alles sah ich jetzt, wo ich mir quasi gegenübersaß, zum ersten Mal. Ich sah noch mehr, was mich erschreckte: Die Tapete an der Wand war verschossen und verblaßt – ich saß sonst immer mit dem Rücken zu ihr und bemerkte so ihre Schäbigkeit nicht –, der Glaskasten auf dem Büfett hatte einen Sprung, und von meinem jetzigen Platz sah unser Teppich, unser gutes Stück, das Zeichen unseres Wohlstandes, plötzlich gar nicht mehr nach Wohlstand aus, er war an einigen Stellen schon recht abgetreten.

»Ich pflege ihn so zu legen, daß der Blick von deinem Platz auf die letzten noch guten Stellen fällt«, sagte Kitty, »aber es wird von Jahr zu Jahr schwieriger.«

Ich saß in einem völlig veränderten Zimmer und hatte doch nur meinen Platz am Tisch gewechselt. Vielleicht waren die Tassen und die Tapeten und der Teppich schon seit Jahren so abgenutzt, ich hatte es nur in der Gewohnheit des täglichen Anblicks nicht bemerkt. Bemerken wir doch viele Dinge nicht, die sich verändern, während wir immer am gleichen Platz am gedeckten Tisch des Lebens sitzen. Vielleicht sind unsere Ansichten über dies und das schon ebenso vergilbt wie die Tapeten in meinem Zimmer, vielleicht ist unsere Sicherheit und unser Wohlstand ebenso abgetreten und durchlöchert wie der Teppich in meinem Zimmer, sollten wir nicht alles, was wir einmal gelernt haben und täglich als Worte so oft benützen wie die Tassen am Frühstückstisch, durch neue Anschaffungen ersetzen – ich meine, durch neues Nachdenken, Nachlernen – und unserem Sinn durch neue Erkenntnisse und neue Gedanken eine neue Wahrheit geben? Warum soll eine vielstrapazierte Weltanschauung, auf der täglich herumgetrampelt wird, eine längere Lebensdauer haben als ein Teppich? Ein guter Teppich hält ewig, über Generationen, aber einmal muß er doch ersetzt werden. Wird nicht im großen Leben so viel Geschirr zerbrochen und nicht nur der Henkel abgeschlagen? Ein Geschirr, dem Stücke fehlen, ergänzen wir, warum ergänzen wir nicht die zerbrochenen Teile in unserem Denken und in unserem Herzen? Durch neue Erkenntnisse, neue Gefühle, neue Gerechtigkeit? Und wenn wir dann schon beim Entrümpeln sind, wollen wir nicht zuerst unsere Herzen entrümpeln und den Kalk der Vorurteile aus unseren Schädeln räumen, der sich im Lauf eines Lebens dort angesammelt hat? Man muß sich nur einmal auf einen anderen Platz setzen und die Dinge von der anderen Seite ansehen, die liebe Gewohnheit des Sitzenbleibens aufgeben und mit den Augen des anderen unseren Platz im Leben betrachten, den Standpunkt auswechseln, auf dem wir stehen. Es sind nur ein paar Schritte, die wir tun müssen. Tun wir sie. Tun wir sie gleich.

Kitty fragte: »Warum redest du nichts, Johannes? Du pflegst doch sonst immer den Kindern beim Frühstück eine lustige Geschichte zu erzählen?«

Ich sagte: »Ich habe gerade über eine ernste nachgedacht. Aber denkt man sie zu Ende, machen wir vielleicht alle bald wieder glückliche Gesichter . . .«

Die Abreise

Ich wollte mit meiner Frau verreisen. »Halb sieben fährt der Zug, Kitty!«

»Ich weiß es, Johannes!«

»Beeil dich! Beeil dich!«

»Es ist noch nicht einmal zwölf Uhr!«

»Eben deswegen! Beeil dich!«

Kitty beeilte sich. Die Koffer wurden geholt, die Kommoden geöffnet, Kitty packte. Sie packte ein, sie packte aus, sie packte um. Was im Hutkoffer war, kam in den Handkoffer. Was im Handkoffer war, kam in den Schuhkoffer. Was im Schuhkoffer war, kam in den Hutkoffer. Dann fand Kitty, daß das nicht gut war. Kitty packte um. Was im Handkoffer war, kam in den Hutkoffer. Was im Hutkoffer war, kam in den Schuhkoffer, und was im Schuhkoffer war, kam in den Handkoffer. Dabei blieben ein paar Stücke übrig. Kitty probierte hin und probierte her. Dann räumte sie kurzentschlossen alle drei Koffer noch einmal aus. So traf ich sie gegen vier Uhr.

»Bist du fertig, Kitty?«

»Wo denkst du hin?«

»In zwei Stunden fährt der Zug!«

»Das ist noch viel Zeit!«

»Der Zug wartet nicht.«

»Auf mich braucht er nicht zu warten.«

Das klang tröstlich. Ich hatte in zehn Minuten meine sieben Sachen gepackt. Kitty fand ich nicht in ihrem Zimmer. Sie stand in der Küche und bügelte ein Blüschen, wusch ein Hemdchen, stopfte ein Strümpfchen und nähte ein Fältchen in ihr Röckchen.

»Dazu ist doch jetzt keine Zeit!« rief ich.

»Soll ich zerrissen reisen?«

»Das nicht. Aber –«

»Halt mich nicht auf, Johannes! Ich werde sonst nicht fertig!«

Halb sechs Uhr wartete ich in Hut und Mantel. Wir hatten eine halbe Stunde Fahrweg zur Bahn. Ich blickte ungeduldig auf die Uhr.

»Kommst du bald, Kitty?«

»In einer Sekunde!«

»Ich warte.«

»Ich komme.«

Kitty kam. Sie lief splitternackt über den Gang.

»Kitty!!«

»Ich bin in einer Sekunde fertig!«

»Aber du bist doch noch gar nicht angezogen!«

»Das geht jetzt ganz schnell.«

Es ging nicht schnell. Kitty kam und kam nicht. Da ging ich in ihr Zimmer. Kitty war immer noch nackt. Sie stand sinnend, den Finger an die Nase gelehnt, vor ihren Koffern.

»Was ist denn, Kitty?«

»Soll ich jetzt das braune Kleid mit dem roten Hut oder das blaue Kleid mit dem schwarzen Hut anziehen?«

»Zieh an, was du willst! Nur komm!«

»Du mußt mir raten, Johannes! Geliebter Johannes, hilf mir doch!«

»Zieh das braune Kleid an!«

»Das geht nicht. Da ist der Hut im Koffer.«

»Dann nimm das blaue!«

»Das geht auch nicht. Da ist nur der Hut hier und das Kleid im Koffer.«

Ich schrie. Ich schreie selten. Aber manchmal muß man schreien. »Hilf Himmel!« schrie ich. »Zieh irgend etwas an!«

»Das ist eine Idee, Johannes! Du hast mich auf eine Idee gebracht!«

»Ich?«

»Ja. Ich nehme den grauen Rock und die graue Bluse.«

Kitty zog den grauen Rock an. Die Bluse fand sie nicht. Sie suchte unter dem Bett, hinter dem Ofen. Die Bluse blieb verschwunden.

Inzwischen war es sechs Uhr geworden.

»Jetzt weiß ich, wo die Bluse ist!« rief Kitty.

»Wo?«

»Bei der Schneiderin.«

Zum Überfluß flossen Tränen.

»Ach, Johannes, ich bin ja so ein dummes Ding! Jetzt verpassen wir den Zug! Ach, Johannes, hast du mich noch lieb? Du kannst mich ja gar nicht mehr lieb haben! Eine so dumme Frau kann man gar nicht lieb haben! Johannes, sag, daß du mich lieb hast! Sag es ganz, ganz schnell!«

»Ja, ich habe dich lieb«, sagte ich, »aber beeil dich!«

»Küß mich!«

»Ich küsse dich! Aber schnell!«

»Küß mich noch einmal, Johannes! Wo wir den Zug sowieso verpaßt haben!«

»Wir haben den Zug nicht verpaßt, Kitty!«

»Nein?«

»Nein. Ich habe geahnt, wie es kommt, und die Uhr daher eine Stunde vorgestellt. Es ist jetzt erst fünf Uhr.«

Kitty fiel mir um den Hals. »Johannes, du bist doch der goldigste, reizendste, rücksichtsvollste Ehemann der Welt! Jetzt muß ich dich küssen! Ich werde bestimmt fertig!«

Kitty wurde nicht fertig. Es wurde zum zweiten Mal sechs Uhr, wir waren schon auf der Straße, da fiel Kitty ein, daß sie ihr Ührchen vergessen und den Gashahn nicht geschlossen hatte. Sie kehrte um. Als sie zurückkam, war es halb sieben.

»Jetzt erreichen wir den Zug nicht mehr, Johannes!«

»Wir erreichen ihn.«

»Halb sieben fährt er!«

»Er fährt erst um sieben Uhr«, gestand ich, »ich habe gelogen, damit du fertig wirst.«

»Fein, Johannes!«

Wir fuhren zur Bahn. Zehn Minuten vor sieben kamen wir an.

»Um Gottes willen, Johannes!«

»Was denn?«

»Ich habe Torquato nicht zur Nachbarin gegeben!«

»Den Kater?«

»Ja. Ich muß zurück. Das arme Tier!«

Wir erreichten den Zug. Es geschehen noch Wunder. Denn als meine liebe Frau zurückkam, war es kurz vor acht. Aber der Zug fuhr nicht um sieben Uhr, wie ich annahm, sondern erst um acht. Mein Freund Hans Hulsche hatte mich beschwindelt. Er stand am Bahnsteig und sagte: »Ich wußte ja, daß du mit deiner Frau nicht rechtzeitig fertig wirst. Auch wenn du die Uhr vorstellst und ihr sagst, daß der Zug früher fährt. Und darum habe auch ich dich beschwindelt, denn dreifach hält besser als doppelt!«

Wiedersehen in Ägypten

Kitty ist eine praktische Frau. Sie versteht zu rechnen. »Unsere Putzfrau kostet uns ein Vermögen, Johannes.«

»Mich, meine Liebe, mich!«

»Dich, mein Schatz! Gewiß, mein Schatz! Zweihundert Mark im Monat und die Verpflegung, und was sie sonst in Schürze und Tasche mit heim nimmt.«

»Dabei kommt sie nur drei Stunden am Tag.«

»Sie putzt an drei Stellen drei Stunden. Bei uns, bei Meiers und bei Müllers.«

Eine Putzfrau ist eine Königin.

»Bei mir hat sie ausregiert. Ich kündige ihr«, sagte Kitty.

»Du willst ohne Putzfrau auskommen?«

»Ich mache ab heute meine eigene Putzfrau. Aber du mußt die zweihundert Mark monatlich mir dafür zahlen. Das sind im Jahr zweieinhalbtausend Mark, und dafür machen wir zwei eine schöne Herbstreise.«

»Eine Herbstreise?«

»Nach Ägypten, Johannes. Nach Ägypten.«

Ägypten ist das Land der Sehnsüchte. Welcher Bürger kann sich die teure und weite Reise leisten? Wer die Putzfrau erspart, kann sich die schöne Reise gönnen. Die Mathematik beweist es.

Im Herbst fuhren Kitty und Johannes nach Ägypten. In einer Gesellschaftsreise. In einer Gesellschaftsreise ist Kairo genauso schön, ist die Cheopspyramide am linken Nilufer genauso hoch, fließen die Wasser des Nils genauso gewaltig.

»Daß ich Ägypten erleben darf!« sagte Johannes begeistert. »Eine Reise für Millionäre!«

»Ein kluges Weib ist Goldes wert!« sagte Kitty. »Wir wären nie nach Ägypten gekommen, wenn ich mir nicht die Putzfrau erspart hätte. Eine Putzfrau kostet die Ferienreise.«

Kitty und Johannes lebten in dulci jubilo, taten etwas für ihre Bildung und sahen sich alles an, was in der Pauschalreise inbegriffen war: das Labyrinth der engen Gassen der Altstadt, die überdeckten Höfe der Goldschmiede, die Früchte und Zuckerwaren im Basar Sukkariye, das Sommertheater, den Markt Karameidan, wo Kamele und Esel feilgeboten wurden, und die fünfhundertdreiundzwanzig Moscheen, darunter die Tilun-Moschee, die älteste auf dem Hügel, auf dem Abraham den Widder statt seines Sohnes Isaak opferte. Sie bewunderten alles und fotografierten alles. Aber am meisten bewunderten sie, daß sie sich in Ägypten befanden.

Eines freien Tages, als sie schon alles gesehen hatten und nichts auf dem Programm stand, sagte Kitty: »Machen wir einen Tagesausflug zum Staudamm von Assuan.«

»Den Ausflug zahlen wir aus der eigenen Tasche?«

»Ich habe noch ein paar Piaster übrig. Wenn wir auf der Bahn zweite Klasse nehmen ...«

Sie nahmen zweite Klasse. Es war eine Tortur. Beduinen und Eseltreiber, Kamelhaarhändler mit Warenproben und hiobsähnliche Ismaeliten füllen das Abteil. Man saß dichtgedrängt übereinander, und von der Wüste wehte keine Kühlung herein. In Assuan torkelten sie aus dem heißen Abteil. Aber sie waren in Assuan. Wer kommt sonst nach Assuan?

Nebenan, aus dem Komfort eines Wagens erster Klasse, stiegen zwei Touristen. Sie sahen aus wie aus der Schale geschält, so frisch, so munter.

»Das ist doch –«, rief Kitty. Sie traute ihren Augen

nicht. Sie wiederholte fassungslos: »Das ist doch Frau Friedemann! Meine Putzfrau!«

Frau Friedemann hatte sie entdeckt. Sie wogte auf Kitty zu: »Sie?? Hier?? Welche Überraschung!«

»Sie?? Hier?? Die gleiche Überraschung!« stotterte Kitty.

»Ich habe es gemacht wie Sie. Wozu brauche ich als Putzfrau eine Putzfrau? Ich habe ihr gekündigt, die Arbeit selbst gemacht, und für das gesparte Geld mache ich jetzt mit meinem Mann diese schöne Reise.«

»Erster Klasse?« fragte Kitty beeindruckt.

Frau Friedemann sagte: »Ich habe meiner Putzfrau mehr gezahlt. Die Putzfrau einer Putzfrau erwartet unter Kolleginnen mehr, das ist der Klassengeist ...«

Das große Geheimnis

Die Gelegenheit verschmähe, wer will!

Eduard verschmähte sie nicht. »Schönes Wetter heute!«

»Sehr schönes Wetter!«

»Hoffentlich hält es an!«

»Hoffentlich!« Die Dame auf der Bank im Kurpark lächelte. Sie sah freundlich auf den jüngeren Mann.

Der jüngere Mann war Feuer und Flamme. »Könnten wir –«

»Bitte?«

»Könnten wir uns nicht am Abend sehen?«

»Gern.«

»Zur Reunion?«

»Ich komme.«

»Wunderbar!« Eduard rückte näher. »Ich finde Sie bezaubernd!«

»Das hört man gern.«

»Und finden Sie mich auch – ich meine, finden Sie mich auch nett?«

»Sehr nett sogar!«

Eduards Gesicht strahlte. »Das wird ein schöner Abend heute abend!«

»Sicherlich!«

Eduard wurde durch den schnellen Erfolg unsicher. »Eines verstehe ich nicht ganz – mißverstehen Sie mich bitte nicht – aber das geht alles so glatt und leicht, es gibt gar keine Schwierigkeiten –«

Die Dame lachte hell. »Ach? Sie wollen mich lieber erobern?«

»Ja. Eigentlich ja.«

»Und ich mache es Ihnen schwer, weil ich es Ihnen leicht mache?«

»Wenn Sie nicht böse sind – ich muß gestehen – ja.«

Die Dame sah Eduard plötzlich ernst an. »Sie waren mir vom Schicksal vorbestimmt!«

»Ach?«

»Ich wußte, daß ich Sie kennenlernen würde!«

Eduard wurde es unheimlich. »Gnädige Frau sind Hellseherin?«

»Ja. Das auch.«

»Und sonst?«

»Ich lese aus der Hand.«

»O bitte –« Eduard hielt seine Hand hin. »Wissen Sie auch etwas von mir?«

»Selbstverständlich«, sagte die Dame und las in Eduards Handlinien. »Sie sind Ingenieur, vierundzwanzig Jahre alt, noch nicht verheiratet. Sie wohnen in Köln.«

»Es stimmt, gnädige Frau, es stimmt!«

»Sie haben drei Geschwister. Ihr Vater ist Fabrikbesitzer. Sie verstehen sich sehr gut mit ihm und werden in Kürze die Fabrik übernehmen.«

»Das ist ja unheimlich!«

Die Dame fuhr geheimnisvoll fort: »Ich sehe noch mehr: Sie sind verlobt. Ihre Braut ist blond, sehr hübsch und noch nicht zwanzig Jahre alt. Sie lernten sie vor zwei Jahren mit ihrem Vater in Salzburg kennen. Die Mutter haben Sie noch nicht gesehen.«

Eduard war schrecklich aufgeregt. »Das grenzt an Zauberei!«

»Der Vater Ihrer Braut ist Arzt. Er lebt in München.«

»Ja, ja. Und die Mutter?«

»Die Mutter weilt nicht in München.«

Eduard atmete auf. »Falsch, gnädige Frau, falsch!« rief er. »Endlich ein Fehler! Alles wissen Sie doch nicht! Die Mutter meiner Braut ist auch in München!«

»Die Mutter ist nicht in München.«

»Wo denn?«

Die Dame lächelte: »Hier. Ich bin die Mutter.«

Kleine Bekanntschaft

Man kann nicht vorsichtig genug sein. Zumal auf Reisen durch die große Welt.

Dies erfuhr auch unser Freund Hanns Petermann, als er keck und kühn, wie sich dies für einen jungen Mann ziemt, auf der Kurpromenade eine junge Dame ansprach und sie fragte: »Kann ich Sie einmal wiedersehen, Fräulein?«

Die junge Dame schüttelte den Kopf. Aber sie sagte keineswegs unfreundlich: »Ich bin kein Fräulein.«

»Nein?«

»Nein.«

»Schade.«

»Vielleicht.«

»Sie sind verheiratet?«

»Ja.«

»Und Ihr Mann?«

»Mein Mann ist daheim. Ich lebe allein hier.«

Hanns Petermann witterte Morgenluft. »Dann könnte man doch –«

Jetzt machte die junge Dame ein ganz ernsthaftes Gesicht. »Nein. Das kann man nicht. Erstens tue ich solche Dinge überhaupt nicht, zweitens weiß der ganze Kurort, daß ich verheiratet bin und daß ich ohne meinen Mann hier bin. Was würden die Leute sagen, wenn ich plötzlich mit Ihnen daherkäme?«

»Man könnte den Leuten –«

»Nun?«

»Man könnte den Leuten sagen, ich wäre Ihr Mann, der plötzlich zu Besuch gekommen ist.«

Die junge Dame war stehen geblieben. »Zumindest sind Sie nicht auf den Kopf gefallen, junger Freund!«

»Auch sonst nicht.«

»Das scheint so.«

»Also? Einverstanden?«

Sie lachte und schüttelte heftig den Kopf. »Unmöglich! Ganz unmöglich!«

Es wurde aber doch möglich.

Als Hanns Petermann drei Stunden später mit seinem Koffer das Hotel betrat, in dem Irene seit drei Wochen wohnte, fragte er: »Hat meine Frau für mich ein Zimmer bestellt?«

»Ja. Im zweiten Stock.«

»Danke.«

Frohen Mutes trug Petermann seinen Koffer hinauf, zog sich um und erschien kurze Zeit darauf in angenehmer Erwartung und mit strahlender Miene – Männer sind ja so stolz auf ihre kleinen Siege – im Speisesaal des Hotels. Ein Kellner kam ihm entgegen.

»Ich möchte mit meiner Frau auf der Terrasse essen«, sagte Petermann, »ist das möglich?«

»Leider wird das nicht möglich sein.«

»Ist kein Tisch frei?«

»Einen Tisch hätte ich noch zur Verfügung«, antwortete der Kellner, »jedoch die gnädige Frau ist vor einer Viertelstunde abgereist.«

»Abgereist??« Petermann sah seine Felle davonschwimmen. »Abgereist?« wiederholte er.

»Ja.«

»Hat sie nichts für mich hinterlassen?«

Der Kellner nickte: »Doch. Ihre Hotelrechnung seit drei Wochen. Sie sagte zu mir: ›Geben Sie die Rechnung heute abend meinem Mann, der eben angekommen ist.‹«

Freizeitgestaltung

»Akademiker, Apotheker, ledig, 182, 32, gut aussehend, vermögend, mit Wagen und Stadtrandvilla, sucht gutaussehendes junges Mädchen zur Freizeitgestaltung. Offerten unter . . .«

Die Offerten kamen zuhauf. Viele Mädchen haben freie Zeit, und für Freizeitgestaltung hat manche etwas übrig. Ich traf das junge Mädchen nach einem Jahr wieder, die das große Los gezogen hatte, dem Apotheker ins Garn zu gehen.

»Wie lerntet ihr euch kennen?«

»Er inserierte, und ich schrieb.«

»Junges Mädchen für Freizeitgestaltung gesucht?«

»So stand es in der Zeitung.«

»Wie gestaltetet ihr euch die Freizeit?«

»Am Anfang wie üblich.«

»Und später?«

»Ebenfalls wie üblich.«

Ich kenne mich nicht aus, wie erwachsene Männer jungen Mädchen die Freizeit gestalten, und wollte gern Genaueres wissen.

»Gingt ihr zusammen tanzen?«

»Nur am Anfang.«

»Machtet ihr Autoausflüge? Fuhrt ihr in die Berge?«

»Zweimal, zu Beginn.«

»Führte er dich ins Theater?«

»Einmal. Später nicht mehr.«

»Triebt ihr Sport? Golf, Tennis, Federball?«

»Auf die Idee kamen wir nicht.«

»Sonntet ihr euch sonntags am See? Schwammt ihr im kühlen Naß und saßet ihr im Ruderpaddelsegelboot?«

»Niemals.«

»Warft ihr die Fliege nach Forellen im Bergbach?«

»Nein. Nein.«

So viele Neins erstaunten mich. Wie vertreibt man sich sonst die Freizeit? Ich fragte weiter.

»Rittet ihr gemeinsam über Hecken und Zäune?«

»Er haßt Pferde.«

»Wollte er mit dir das Florett kreuzen? Schoßt ihr nach Tauben?«

»Nicht ein einziges Mal.«

»Sangt ihr zusammen zweistimmig? Spieltet ihr vierhändig Klavier? Führte er dich in den Zoo oder auf den Fußballplatz? Saßet ihr unter Linden, und hatte er Interessantes zu erzählen?«

»Nichts von alledem.«

»Wie gestaltete er dir dann die Freizeit?«

Das schöne weibliche Wesen seufzte: »Er gab mir seine Strümpfe zum Stopfen und seine Hemden zum Bügeln.«

»Immer nur?«

»Auch Kochen und Staubwischen. Tischdecken und Geschirrabwaschen. Silberputzen und Gläserpolieren. Mit dem roten Motodux den Rasen mähen und mit der grünen Gießkanne Gurken gießen. Marmeladekochen und Kuchen backen. Kleine Wäsche waschen und Großreinemachen.«

Mir stand der Verstand still. Ich fand keine Worte.

»Das mutete er dir zu? Seinem Freizeitmädchen?«

Sie sagte: »Nein. Seiner Ehefrau. Wir heirateten damals sofort. Sein Inserat war eine Falle.«

Der Test der Sekretärinnen

Des großen amerikanischen Handelskonzerns Generaldirektor Mr. Millan Miller brauchte eine neue Privatsekretärin. Sekretärinnen gibt es wie Sand am Meer und Privatsekretärinnen wie Flöhe auf einem Kamel, was aber eine echte Generaldirektorsprivatsekretärin ist, die findet sich nicht so leicht. Da sind viele Imponderabilien im Spiel, und was ein großer Konzern ist, der hat seinen eigenen Konzernpsychiater, Konzernpsychoanalytiker, Konzernpsychodiagnostiker und Konzernpsychotherapeuten, die durch wohlvorbereitete Testfragen die Bewerberinnen durchlüften und durchleuchten, ehe sie zur engeren Auswahl schreiten. Drei Sekretärinnen hatten ihren Test bestanden und wurden nun ihrem Chef, dem Generaldirektor Millan Miller, zur letzten Entscheidung vorgeführt.

Die erste Bewerberin trat ein.

Der Psychodiagnostiker fragte: »Wenn es plötzlich im Betrieb zu brennen beginnen würde, Fräulein eins, was würden Sie zuerst retten und in Sicherheit bringen: sich selbst, den Chef, die Schreibmaschine, die Kundenkartei oder die Kalkulationsunterlagen?«

Die Bewerberin eins antwortete wie aus der Pistole geschossen: »Den Chef, die Schreibmaschine, die Kundenkartei und die Kalkulationsunterlagen. Den Chef würde ich an die rechte Hand nehmen, ihm die Kundenkarten unter den Arm klemmen, in die linke Hand nähme ich meine Schreibmaschine, und die Kalkulationsunterlagen würde ich zwischen die Zähne nehmen.«

Der Psychodiagnostiker nickte zufrieden und gab dem aufmerksam zuhörenden Generaldirektor seine Erklärung. »Die Bewerberin«, sagte er, »zeigt mit ihrer Antwort, daß sie ein klarköpfiger, gradliniger, schnell entschlossener

Mensch ist, zusätzlich sportlich begabt ist und sich für den Posten durchaus eignet.«

Die zweite Bewerberin wurde vor die Augen ihres neuen Chefs geführt. Der Psychodiagnostiker legte ihr die gleiche Frage vor.

Die Bewerberin zögerte ein wenig mit ihrer Antwort. Dann begann sie vorsichtig, langsam ihre Gedanken zu formen. »Es kommt wohl in erster Linie darauf an, wie alt der Chef und die Schreibmaschine sind«, sagte sie, »auch ist dabei zu bedenken, wie hoch die Feuerversicherung abgeschlossen wurde und ob sie die Klausel für neu und alt enthält und man nicht froh wäre, wenn die gutversicherte alte Schreibmaschine verbrennen würde. Auch müßte man wissen, wie hoch die Lebensunfallversicherung des Chefs ist, da es unter Umständen für die Hinterbliebenen nicht ohne Bedeutung wäre, ob er heil oder leicht beschädigt oder gar nicht gerettet würde. Was die Kundenkartei betrifft, so entsteht wieder die Frage, wieviele faule Kunden und säumige Zahler sie enthält und ob ihre zufällige Vernichtung durch Brand sich bei der nächsten Finanzprüfung nicht als Vorteil erwiese. Die Kalkulationsgrundlagen aber sind meist völlig ohne jede Bedeutung, da die industriellen Produkte in unserer Zeit weniger nach den Selbstkosten plus Nutzen kalkuliert werden, sondern der Endpreis sich nach der Nachfrage und dem Angebot der Konkurrenz richtet.«

Der Psychodiagnostiker des Konzerns erläuterte: »Die Bewerberin beweist mit ihrer gezielten Antwort, daß sie sich bei allem, was sie tut, nicht blind auf ihre Intuition verläßt und daß bei ihr die Logik und ein verantwortungsbewußtes Gedankengut besonders ausgeprägt sind, daß sie eine aufmerksame Zeitungsleserin sein dürfte und selbst ihren Chef von übereilten Entschlüssen zurückhalten wird.«

Der dritten Bewerberin wurde abermals die gleiche Frage vorgelegt. Sie sagte zunächst gar nichts. Die Frage wurde wiederholt.

Da sah sich die Bewerberin drei kurz im Raum um und antwortete: »Ich suche einen Posten als gutbezahlte Sekretärin und nicht als Feuerwehrmann. Außerdem wünsche ich mir einen Chef, der im Fall eines Brandes erst mich und dann sich rettet.«

Der Psychodiagnostiker zog den Extrakt. Er dozierte: »Bewerberin drei beweist mit ihrer Antwort, daß sie schlagfertig ist und sich die überlieferten Ansichten der guten alten Sekretärinnen zu eigen gemacht hat, die in erster Linie einen persönlichen Kontakt mit ihrem Chef anstreben, was mitunter für die Zusammenarbeit nicht ohne Nutzen sein kann. Aus der Gattung ihrer Art kommen die Privatsekretärinnen, die ihrem Chef private Telefongespräche abnehmen, ihm unaufgefordert zur gewohnten Stunde seine Pillen mit einem Glas Wasser reichen und dafür sorgen, daß er sich ungestört sein Mittagsschläfchen im Büro leisten kann.«

Als die drei Bewerberinnen wieder aus der Tür gegangen waren, um im Vorzimmer die Entscheidung abzuwarten, der Konzernpsychodiagnostiker erwartungsvoll auf seinen Generaldirektor blickte und ihm noch einmal die erhaltenen Antworten und ihre psychologischen Folgerungen erläuterte, um dann zu fragen, zu welchem Entschluß der Herr Generaldirektor gekommen sei und welches der drei Mädchen er als seine neue Privatsekretärin einzustellen gewillt sei, antwortete Mr. Millan Miller, der Generaldirektor: »Wie war doch gleich der Name des Mädchens mit dem blonden Haar und den langen Beinen?«

Die Kiesgrube

Eine Kiesgrube ist ein Geschenk des Himmels. Wer eine Kiesgrube besitzt, kann den lieben Gott einen frommen Mann sein lassen. Denn eine Kiesgrube ist eine Goldgrube. Da kommen die Leute von weit her mit Lastwagen, Pferd und Karren, schaufeln und graben, daß ihnen der Schweiß von der Stirn rinnt, und wenn sie ihren Karren voll haben, treten sie zu dem Mann, der ihnen gemütlich bei der Arbeit zusieht, und fragen: »Was bin ich schuldig, Herr?«

»Zehn Mark für die Fuhre.«

Sie drücken ihm das Geld in die Hand, versprechen wiederzukommen, und vor der Kiesgrube warten schon wieder andere mit ihren Lastwagen.

So geht das von früh bis spät, Tag für Tag, Woche für Woche, Jahr für Jahr. Ja, so eine Kiesgrube ist wirklich ein Geschenk des Himmels.

Hoch am Berg lag der Garten des Heinrich Hultsch. Heinrich Hultsch war ein Gartenbücherfreund. Was er im Buch las, wollte er haben. Und als er eines Tages etwas von Kies auf Gartenwegen las, bestellte er Kies. Er ließ sich Eisenbahnwagen voll grobkörnigen gelben Schwefelkieses aus dem Norden kommen, roten Kupferkies aus dem Westen, weißer Kristallkies rollte aus dem Süden heran. Und alles fuhr Heinrich Hultsch sechsspännig auf seinen Berg hinauf und schüttete es auf die Wege. Goldgelb leuchteten sie in der Sonne. Bis eines Tages ein Gewitter kam und ein toller Regen den ganzen Kies wegschwemmte. Aber Hultsch gab nicht nach. Noch am gleichen Tag bestellte er neuen Kies, diesmal die doppelte Menge, auf daß sie wenigstens ein Jahr vorhalte. Er hatte die Rechnung ohne den Regengott gemacht. Der Kies rann wie ein munteres Bächlein den Berg hinunter, und was Hultsch auf der einen Seite sechsspännig hinauffuhr, floß auf der anderen Seite von selbst wieder den Berg hinunter.

Nach drei Jahren – die Eisenbahn war inzwischen durch die Kieslieferungen an Heinrich Hultsch reich geworden – ließ sich bei Hultsch ein Mann melden. »Nur eine Anfrage, Herr Hultsch«, begann er bescheiden, »warum kaufen Sie eigentlich Ihren Kies nicht bei mir?«

»Wer sind Sie denn?«

»Ihr Nachbar. Mein Grundstück liegt unmittelbar unter Ihrem Garten.«

»Und Sie haben Kies?«

Der Mann lächelte demütig: »Vor kurzem habe ich eine Kiesgrube bei mir entdeckt. Sie ist schier unerschöpflich. So viel ich auch weggraben lasse, immer neuer Kies wächst über Nacht aus der Erde. Wenn Sie also einmal einen Versuch mit meinem Kies machen möchten?«

»Welche Sorte Kies haben Sie?«

»Genau dieselbe Sorte wie Sie, Herr, genau dieselbe Sorte . . .«

Und so bezog seit jener Begegnung Heinrich Hultsch seinen Kies für hoch droben aus der neu entdeckten Kiesgrube tief unten. Er stand sich gut dabei, denn er sparte die teure Fracht. Aber auch der Kiesgrubenbesitzer schor sein Schäfchen. Je mehr Kies er den Berg hinauffuhr, desto mehr Kies floß in seine Grube den Berg zurück. Und er war einfältigen und demütigen Herzens genug, diese Kiesgrube als ein Geschenk des Himmels anzusehen und nicht darüber nachzugrübeln, wieso aus seinem humusreichen Kartoffelacker über Nacht eine Kiesgrube geworden war. Kam ihm aber einmal der Gedanke, schob er ihn schnell beiseite, faltete die Hände und sagte fromm: »Herr, Deine Wunder sind groß . . .«

Zwei Eier zum Frühstück

Pünktlich erschien Herr Hofbauer bei uns zum Frühstück. Wir schüttelten ihm herzlich die Hände, hießen ihn willkommen, sprachen von der Freude, wie schön es sei, daß er endlich da wäre, und setzten uns zum üppigen Frühstück. Wir schenkten ihm Kaffee ein, mit Rahm, drei Stück Zukker, wir strichen ihm ein Brötchen und fragten: »Mit Honig? Mit Marmelade?«, meine Frau kochte schnell zwei weiche Eier für ihn, schnitt Wurst auf – wir waren so glücklich, ihn endlich bei uns zu haben, immer schon wollte er kommen, wohl neunmal hatte er es versprochen, aber dann war ihm immer wieder etwas dazwischengekommen. Jetzt war er endlich da, und meine ganze Familie versuchte, ihm den Aufenthalt so gemütlich wie möglich zu machen. Ich stellte ihm meine Kinder vor, denen wir eingeschärft hatten, sehr lieb und sehr brav zu Herrn Hofbauer zu sein. Nach der fünften Tasse Kaffee streckten wir die Beine aus und unterhielten uns über das Wetter und die Politik.

»Eine Zigarre?«

»Ja, gern! Ich bin so frei«, sagte er.

Nachdem wir unsere Zigarren gemütlich geraucht hatten, fragte Herr Hofbauer, wo er sich im Haus ein wenig nützlich machen könnte. Das hörten wir gern. Die meisten Leute, die sonst kamen, wollten nur sitzen, essen und trinken und unterhalten werden. Hier war einer, der sich nützlich machte. Gewiß saß er auch und aß und trank und ließ sich unterhalten, aber dann fragte er von selbst, was er für uns tun könnte. Unser Kamin war zusammengestürzt, das Material hatte ich schon im Haus, wenn er sich also auf den Kamin verstünde, könnte er – wenn er uns die Gefälligkeit erweisen wollte – gleich anfangen.

Und jetzt geschah das Wunder, das Großartige: Herr

Hofbauer zog den Rock aus, krempelte die Ärmel seines Hemdes hoch, spuckte in die Hände und ging an die Arbeit. Er verstand das Handwerk. Fachgerecht mischte er im Hof Sand und Zement, goß aus einer Kanne Wasser darüber, mischte erneut, füllte dann die Eimer mit dem bindenden Brei und trug sie, einen rechts und einen links, die zwei Stockwerke zu uns herauf. Ja, sogar die Bausteine ordnete er fachgemäß, trug die zerbrochenen hinunter, holte neue herauf, schlug den alten, die noch zu gebrauchen waren, den Mörtel herunter, es war eine Lust, ihm zuzuschauen. Ich beeilte mich, Herrn Hofbauer mit Bier und einem guten Gabelfrühstück bei bester Laune zu halten, ich bot ihm eine Zigarette an, ich reichte ihm Feuer, ich holte ihm aus seiner Jacke das Taschentuch, ich öffnete das Fenster, wenn es ihm zu warm wurde, und ich schloß es wieder, wenn es ihm zog. Ein Mann, der sich für mich so mühte, sollte aus meiner Dienstbereitschaft erkennen, wie dankbar ich ihm war, daß er für mich Steine trug und Mörtel rührte. Als wir zu Tisch gingen, ließ ich ihm schnell in unserem Badezimmer ein Bad ein, legte ein neues Stück Rosenseife daneben, ein frisches Badetuch, und bei Tisch bekam er selbstverständlich den besten Platz und das größte Stück Fleisch auf den Teller.

»Haben Sie noch Lust?« fragte ich nach dem Essen, »oder möchten Sie sich erst ein wenig auf die Couch legen und ein kleines Mittagsschläfchen halten?«

»Nein«, sagte er, »jetzt, wo ich begonnen habe, mache ich den Kamin fertig. Ich weiß, Sie freuen sich auch darüber, wenn er fertig ist, und ich bin gerne gefällig!«

So einer könnte jeden Tag zu uns kommen. Ich bewunderte ihn, was er alles verstand. Das imponierte mir. Unsereiner hätte auf gut Glück gemauert, aber er, alles mit Lotschnur und Wasserwaage; auch wie er den Kaminbogen wölbte und verputzte und später den Tünchkalk anrührte und die frische Mauer, ohne herumzuspritzen, zu kalken begann, konnte einem nur höchste Hochachtung abringen. Übernachtet hat er bei uns nicht, wir hätten auch kein Bett frei gehabt, aber als er ging, brachten wir ihn mit vielen Dankesworten zu seinem Wagen und winkten ihm noch lange nach. Daß ich ihn beim Abschied nicht noch dankbar küßte, war nur einem Zufall zuzuschreiben.

Ihr glaubt, es wäre ein Besuch gewesen, ein lieber Gast, weil wir ihn gar so verwöhnten? Wenn ich ihn so geschildert habe, obgleich jedes Wort den Tatsachen entspricht, muß ich es schnell aufklären: Herr Hofbauer war ein Maurer für sechs Mark vierzig die Stunde. Ich hatte ihn vor einem halben Jahr bestellt.

Die Mausefalle

Junggesellen brauchen sich um ihr Abendessen keine Sorgen zu machen. Überall steht für sie der Tisch gedeckt. Es ist die Mausefalle mit dem Speck, und der Speck ist meist ein gebratenes Hühnchen oder ein Waldorfsalat oder ein Wiener Schnitzel, ein Täubchen und ein Fasänchen.

»Wollen Sie meiner Mutter und mir die Freude machen, morgen zum Abendessen zu uns zu kommen, Herr Bach?«

»Aber gern. Mit Vergnügen.«

»Vielleicht gegen acht Uhr?«

»Machen Sie sich keine Umstände!«

»Wo denken Sie hin! Ganz ungeniert!«

Sie machen Umstände. Sie holen das große Damasttischtuch aus dem Schrank, die silbernen Bestecke, das gute Geschirr, die kostbaren Gläser, die Messerbänkchen aus Porzellan – es gilt den Besucher zu ehren. Das Essen kommt meist aus der Stadtküche oder von einem Hotel.

»Das hat Helene selbst gekocht«, sagte die Mutter. Mehr konnte sie nicht gut sagen. Es war auch genug gesagt.

»Wer hat den Tisch so schön gedeckt?« fragt Herr Bach, »ich liebe feines Porzellan und schöne Gläser.«

»In dieser Liebe begegnen Sie sich mit meiner Tochter«, sagt die Mutter.

Ja, ja, der Speck steckt in der Falle, und die Katze sitzt daneben und wartet auf die Maus.

Das geht so reihum mit Herrn Bach. Montags ist er bei Helene und ihrer Mutter eingeladen, dienstags bei Yvonne und ihrer Mutter, mittwochs bei Felicitas und ihrem Onkel, donnerstags bei Brigitte und ihrer Tante, freitags bei Susanne und ihrer verheirateten Schwester und samstags bei Irmingard und ihren Großeltern. Man versucht, die Mädchen an den Mann zu bringen.

Herr Bach, Junggeselle, wohlhabend, achtunddreißig, scheint eine leichte Beute. Er sieht gut aus, ist galant und gefällig, erscheint mit Blumen, küßt die Hand, versteht der Mutter Artigkeiten zu sagen – kein Wunder, daß für ihn der Tisch überall gedeckt steht. Es ist immer wie auf einer Hochzeit.

Aber es wird nie eine Hochzeit daraus.

Sonntags ist Herr Bach meist frei. Sonntags ist in allen Familien der Vater zu Hause, und der Vater verwirrt meist das Ganze.

Er zertrampelt die feingesponnenen Fäden. »Ist heute etwas Besonderes, daß ihr den Tisch wie zu Weihnachten gedeckt habt?«

»Aber, Papa! Wir haben doch einen Gast!«

»Wir haben schon viele Gäste gehabt. Da habt ihr nie so einen Zutsch gemacht. Das Geschirr und die Gläser sehe ich sonst nur an Feiertagen auf dem Tisch. Kommen Sie etwa mit ernsten Absichten, Herr – wie war doch gleich Ihr Name?«

»Papa! Ich bitte dich!«

So ist es, wenn der Vater zu Hause ist. Herr Bach ist dann meist ohne Appetit und empfiehlt sich schnell.

Sonntags ißt Herr Bach im Bahnhofsrestaurant. Dort sitzt er mißvergnügt. Er ist Besseres gewohnt. Der Mensch gewöhnt sich schnell an das Bessere, und wer sechsmal von feinem Porzellan ißt, will immer so essen. Am Bahnhof gibt es das nicht. Dort nehmen die Gäste die Gläser und die Tassen für die Reise mit. Der Bahnhofswirt wäre eine Kuh, wenn er sich so melken ließe.

Diesen Sonntag saß ein süßes Mädchen mit am Tisch.

Sie war überall schön, keine Zweiundzwanzig, dabei anmutig wie eine Blume.

»Wohin geht die Reise, mein Fräulein?« fragte Herr Bach.

»Nirgendwohin, mein Herr.«

»Warum dann am Bahnhof?«

»Ich will schnell zu Abend essen.«

»Hier? In dieser unfreundlichen Halle?«

»Daheim wäre ich ganz allein.«

Herr Bach wollte Näheres wissen. Sonst sagten ihm die Mütter alles über die Mädchen. Hier war keine Mutter weit und breit. »Sie sehen so aus, als wären Sie Schauspielerin.«

»Weit gefehlt.«

»Sekretärin?«

»Wieder daneben.«

»Was dann?«

»Studentin im achten Semester.«

»Und wenn Sie fertig studiert haben?«

»Ich will Kinderärztin werden.«

Herr Bach schoß den ersten Pfeil ab. Der Bogen hatte sich bei ihm von selbst gespannt. »Darf eine Kinderärztin verheiratet sein?«

»Wenn ihr Mann kein Bazillenträger ist, warum nicht?«

Am nächsten Sonntag aßen sie nicht auf dem Bahnhof. Sie gingen zum Büfett und kauften ein. Schinken und Wurst und Brot und Obst. Auch Gürkchen und Tomaten, Eier und Sardellenringe, eine Flasche Wein obenauf. Die Büfettdame gab alles in eine Tüte.

Ehe das junge Mädchen die Tür öffnete, sagte sie: »Erwarten Sie nicht zu viel – ich wohne, wie eben eine Studentin wohnt.«

Als sie dann bei Tisch saßen –

»Ich habe leider nicht viel Geschirr.«

»Dafür ist die Vase am Tisch wunderschön.«

»Sie ist schön, weil Ihre Veilchen darin stehen.«

»Wir konnten unser erstes Essen doch nicht ohne Blumen essen.«

»Schauen Sie sich nicht die Bestecke an. Sie sind aus meiner ersten Kindheit.«

»Sie haben eine schöne Form.«

»Aber abgegriffen.«

»Dafür brennt eine echte Wachskerze am Tisch.«

»Meine Schwäche. Der Leuchter stammt noch von meiner Mutter.«

»Ein alter Leuchter, ein Wachslicht und ein bezauberndes junges Mädchen.«

»Jetzt wäre wohl eine Pause am Platz.«

»Eine Pause?«

»Für Ihre Beredsamkeit. Sie verirren sich ins Uferlose.«

»Finde ich zurück?«

»Das liegt an Ihnen.«

Das war ein Abendessen, ganz anders, als er es am Montag bei Helene und ihrer Mutter, am Dienstag bei Yvonne und ihrer Mutter, mittwochs bei Felicitas und ihrem Onkel, donnerstags bei Brigitte und ihrer Tante, freitags bei Susanne und ihrer verheirateten Schwester und am Samstag bei Irmingard und ihren Großeltern gewohnt war. Hier stand kein Überfluß am Tisch, kein Prunk, keine Gläser von der Marke »Wir haben's. Geld spielt keine Rolle«. Die Teller waren manchmal schon ein wenig schartig und einzeln nachgekauft, oft unter Verzicht auf ein Mittagessen, aber die Wachskerze und der alte Silberleuchter erzählten Herrn Bach mehr über das junge Mädchen und sein Elternhaus, als die Mütter über ihre Töchter zu erzählen vermochten. Die Art, wie sie die Veilchen in der zu ihnen passenden niederen Vase ordnete, während er ihr die Teller zum Tisch trug, wie sie ihm die schönen, wenn auch nicht kostbaren Gläser aus der Hand nahm und die Karaffe füllte, das Obst in eine blaue Schale ordnete, alles improvisiert und ohne Aufregung, brachte einen Tisch zustande, an dem gut sitzen war und der eine Behaglichkeit ausstrahlte, die nichts mit einer Mausefalle zu tun hatte. Denn einen Tisch kann man auch mit einfachen Dingen gut decken, es gehört nur das Herz und die Freude am Schönen dazu.

So wurde der Tisch doch noch zu einer Mausefalle.

»Wie heißen Sie eigentlich? Ich heiße Bernhard.«

»Ich heiße Ruth Ninnemann.«

»Viel zu lang.«

»Wie möchten Sie denn, daß ich heiße?«

Herr Bach sagte: »Ruth Bach.«

Da machte es Klicks, und die Mausefalle klappte zu.

Die Mausefalle ohne Speck. Aber das sind die sichersten.

Herr Schulz hat tausend Mark verloren

Herr Schulz hat tausend Mark verloren. Mitsamt seiner Brieftasche. Die Brieftasche muß ihm reinweg aus dem Rock rausgerutscht sein. Wenn Herr Schulz wenigstens wüßte, wo er das Geld verloren hat! Als er auf die Straßenbahn aufsprang? Als er die Zeitung aus dem Rock zog? Im Dantebad oder in Schillers Schoppenstube? Herr Schulz weiß nur, das Geld ist weg, und wenn er es seiner Frau daheim erzählt –

Herr Schulz erzählte es seiner Frau.

Die Frau warf die Arme zum Himmel. »Ich höre wohl nicht recht? Tausend Mark? Das hätte mir passieren sollen! Was ich da zu hören bekommen hätte! Mein ganzes Sündenregister hättest du mir vorgebetet, die Fehler meiner Mutter eingeschlossen!«

»Vielleicht findet es einer, und ich bekomme mein Geld wieder?«

»Just dir werden sie deine tausend Mark wiederbringen? Wenn ich tausend Mark fände, dächte ich gar nicht daran, sie zurückzugeben.«

»Das wäre glatter Diebstahl!«

»Einen Kinderwagen klauen, eine Wurst stehlen, Nachbars Gockel, der sich im Garten verlaufen hat, den Kragen umdrehen – das ist Diebstahl. Aber so viel Geld finden? Das ist, wie schon der Name sagt, gefundenes Geld!«

»Ich werde eine hohe Belohnung aussetzen. Hundert Mark dem ehrlichen Finder! Für hundert Mark bleibt mancher gern ehrlich.«

Und Herr Schulz ging zur Zeitung, das Inserat aufzugeben.

Am nächsten Morgen läutete das Telefon. »Ist dort bei Heinrich Schulz?« fragte eine Stimme.

»Ja. Selbst am Apparat.«

»Hier spricht der ehrliche Finder.«

»Was? Wie? Sie haben das Geld gefunden? Mensch, edler Retter, Kamerad, Kumpel! Wann kommen Sie her?«

»Wenn es Ihnen recht ist, bin ich in zehn Minuten bei Ihnen.«

Herr Schulz frohlockte: »Wunderbar! Willkommen! Willkommen! Meine Frau macht uns ein schönes Frühstück, hinterher trinken wir eine gute Flasche Wein miteinander!«

»Schon gut«, sagte der ehrliche Finder, »ich komme.«

Strahlend trat Herr Schulz zu seiner Frau. »Was sagst du nun, Ida?«

Die Frau sagte: »Was soll ich sagen, Heinrich? Es ist doch selbstverständlich, daß man gefundenes Geld nicht behält. Er tut nur seine Pflicht.«

»Wenn ich nicht die hohe Belohnung ausgesetzt hätte –«

Die Frau ließ entsetzt ihren Straps fallen. »Was denn? Wie denn? Du willst ihm effektiv die hundert Mark geben? Nur weil er sich einmal gebückt hat? Für hundert Mark bücke ich mich zweimal!« Sie tat es in der Tat.

Herr Schulz sagte kleinlaut: »Aber ich habe es doch versprochen?«

»Das geschah in der ersten Aufregung. Da kannst du Sinnesverwirrung geltend machen. Außerdem dürfen wir schon aus moralischen Gründen dem Mann nicht so viel Geld geben. Er wird nur liederlich, betrinkt sich, und statt zu arbeiten, feiert er Orgien. Wenn es so leicht wäre, hundert Mark zu verdienen, würde kein Mensch mehr arbeiten, da würden alle nur Brieftaschen finden. Hast du schon einmal eine Brieftasche gefunden?«

»Nein.«

»Na also!« sagte die Frau logisch.

»Usus sind zehn Prozent des Wertes«, begann Herr Schulz nach einer Weile, »also hundert Mark.«

»Das ist gar nicht der Usus, Heinrich. Bei größeren Summen sind es fünf Prozent, das wären fünfzig Mark. Das ist eine Menge Geld. So viel verdient der Mann doch sonst auch nicht. Rechne nur einmal nach: Wenn er jeden Tag fünfzig Mark bekommt, das sind in der Woche dreihundert Mark, da kann er noch den Sonntag heiligen, das macht im Monat zwölfhundert Mark, das sind im Jahr fünfzehntausend Mark! Wer verdient das noch?! Netto!«

»Also gut, geben wir ihm fünfzig Mark.«

»Leicht mußt du dein Geld verdienen, wenn du jedem Dahergelaufenen fünfzig Mark in den Rachen werfen kannst! Da bist du großzügig, da bist du Herr Schulz aus dem Vollen! Wenn ich aber einmal einen Hut brauche oder ein Paar Schuhe –«

»Ein Paar Schuhe kosten vierzig Mark –«

»Na also! Da kommen wir hin. Hier läßt sich reden. Oder dreißig Mark. Dreißig Mark sind eine runde Summe. Zwanzig Mark sind noch runder. Gib dem Mann zwanzig Mark, und die Sache hat sich ...«

So dachte die Frau, und so dachte bald auch der Mann, und sie beschlossen, dem ehrlichen Finder zwanzig Mark zu geben. Vielleicht wollte er auch überhaupt kein Geld? Es gibt solche Leute, mehr, als man denkt, die sich genieren, für ihre einfache Bürgerpflicht Geld anzunehmen. Vielleicht freut er sich genauso über einen alten Mantel oder einen abgelegten Anzug? Vielleicht ist er auch mit einem Händedruck und einem Glas Wein zufrieden.

»Aber nimm nicht den guten Niersteiner Ölberg, Heinrich«, sagte die Frau, »bring den billigen Patenwein, den sauren Obermosel, der tut es auch.«

In dieser Minute läutete es.

Schulz sprang auf. »Das ist er!«

Aber es war nur das Telefon.

»Hier Herr Schulz! Wer dort?«

Da ertönte es: »Ich bin es, der ehrliche Finder. Ich habe mir die Sache noch einmal überlegt. Ich komme nicht. Ich will das Geld doch lieber behalten. Hundert Mark sind zwar eine schöne Stange Geld, aber tausend Mark sind nach Adam Riese eben doch mehr. Nichts für ungut und habe die Ehre!«

Hoher Besuch

Nach dem Frühstück sagte Bruno Brentel zu seiner Frau: »Ja, richtig – morgen abend kommen Nordmanns zu uns.«

»Zum Abendessen?«

»Ja«, sagte Bruno.

»Nordmanns? Generaldirektor Nordmann, dein Chef, mit seiner Frau?«

»So ist es.«

Die Frau fiel aus allen Wolken. »Das sagst du mir erst jetzt? Wie sieht die Wohnung aus! Wie soll ich nur fertig werden?«

»Du wirst es schon schaffen, Ilse«, sagte Bruno getrost.

In Brentels Wohnung begann ein Großreinemachen wie nie zuvor. Ilse rückte die Möbel, stöberte Spinnen auf, putzte die Fenster, klopfte den Teppich, saugte Staub, wischte Staub, putzte die Gabeln, putzte die Messer, polierte die Gläser, kurz, sie machte gründlich gründlich. Denn wenn ihnen schon die große Ehre widerfuhr, Generaldirektor Nordmanns als Gäste zum Abendessen zu haben, mußte die Wohnung aussehen wie ein Schmuckkästchen, und der Tisch mußte festlich gedeckt sein wie eine Tafel. Dazu gehörten das gute Geschirr, das gute Silber, die schönen Gläser und selbstverständlich Blumen auf dem Tisch.

Schon am Abend zuvor begann Ilse zu kochen und zu backen. Sie kaufte ein, was gut und teuer war, Fisch und Fleisch, frisches Gemüse, Salate, Gurken, Tomaten, Obst in reicher Verschwendung. Im Backrohr buken die Kuchen, und am Herd kochte ein Huhn für den Geflügelsalat.

Am nächsten Tag deckte Ilse den Tisch. Sie nahm die

guten Teller aus dem Schrank, die schönen Schüsseln, die bauchigen Suppentassen, die Kompottschalen, die feinen Nachtischtellerchen und stellte sie in angenehmer Harmonie auf den Tisch. Daneben legte sie die kleinen Messer, die großen Messer, die Gäbelchen und Gabeln, die Löffelchen und Löffel, das Vorlegebesteck und die silberne Suppenkelle. Dahinter stellte sie dreierlei Gläser, die runden für den Rotwein, die schlanken für den Weißwein, die Kelche für den Sekt und daneben, wie die Kinder der Gläser, die kleinen Likörgläschen – in die Mitte gab sie eine Porzellanvase mit neun kurzen roten Rosen, und neben jeden Teller legte sie ein kleines Veilchensträußchen. Das hatte sie einmal bei einer Hochzeitstafel gesehen, und den schönen Brauch wiederholte sie heute für die Ehrengäste.

Es war kurz vor sieben Uhr, da erhob sich Bruno aus dem Sessel zu seiner vollen Größe, blickte auf die Uhr und sagte: »Jetzt werden Müllers bald kommen.«

»Wer??«

»Müllers.«

»Ich denke, Nordmanns kommen? Generaldirektor Nordmann mit seiner Gattin?«

Bruno lächelte: »Nein. Müllers kommen. Unser alter Bürodiener Müller mit seiner Frau.«

Ilse wußte nicht, ob sie lachen oder weinen sollte. »Müllers?!« stieß sie hervor. »Wegen Müllers habe ich mir diese Umstände gemacht? Die Wohnung auf Glanz hergerichtet, gekocht und gebacken wie für eine Hochzeit? Wegen Müllers?? Dafür hole ich doch nicht unser gutes Geschirr aus dem Schrank, das Silber und unsere schönen Gläser und decke den Tisch wie für einen König?«

Bruno Brentel sah seine Frau freundlich an. »Das wußte ich, Ilse«, sagte er, »deswegen schwindelte ich dir ja vor, daß Nordmanns kommen. Aber ist dein Standpunkt nicht ein wenig falsch? Sieh, Nordmanns sind reiche Leute, sie essen jeden Tag gut, für sie ist der Tisch immer festlich gedeckt. Wohin sie auch kommen, sie sind immer willkommen, für sie stehen überall Blumen auf dem Tisch. Aber Müllers sind arm, leben bescheiden, sie werden selten eingeladen, und wenn sie eingeladen werden, macht man ihretwegen keine großen Umstände. Sie sind eben Müllers, unseresgleichen. Ist es da nicht richtiger, einmal Müllers zu verwöhnen und ihnen damit eine Ehre zu erweisen?«

»Für uns wäre es eine große Ehre gewesen, wenn dein Chef mit seiner Gattin bei uns zu Tisch gesessen hätte!«

Bruno Brentel legte seinen Arm um die Schultern seiner Frau und gab ihr einen Kuß. »Müllers zu verwöhnen ist für uns die gleiche Freude«, sagte er.

Da verstand sie ihn.

Als Müllers an der Tür läuteten, ging Ilse ihnen froh entgegen.

Mutters gutes Geschirr

Meine Mutter war eine Frau, die wenig sprach. Sie sagte auch Vater nie ihre Meinung, ob ihr einer seiner Geschäftsfreunde gefiel oder wie sie über einen dachte, den er zum Mittagessen mitbrachte. Sie war zu jedem gleich freundlich, es gab auch für alle das gleiche herzhafte Essen, ob nun Gäste am Tisch saßen oder wir allein waren. Es gab eine kräftige Suppe, einen Braten mit viel Gemüse und hinterher meist Kirschenkompott oder Apfelmus aus dem eigenen Garten.

Nur in einem drückte Mutter ihr Willkommen aus: Mochte sie den Besuch gern, fanden Vaters Freunde ihre Wertschätzung, so war zum Mittagessen der Tisch besonders feierlich gedeckt, das gute Geschirr stand liebevoll geordnet auf schönem Damast, die wertvollen Bestecke wurden aus dem Silberkasten genommen, die kostbaren Gläser aus dem Schrank geholt und jedes einzelne noch einmal poliert, und in der Mitte der Tafel stand eine schöne Schale mit Blumen, auf die Mutter besondere Sorgfalt verwendete.

Mißfiel ihr aber einer aus dem Verwandtenkreis, oder hatte Mutter sich am Sonntag zuvor über Frau Flamm geärgert, bei der sie eingeladen war, nur weil Frau Flamm vergessen hatte, eine bewundernde Bemerkung über das neue Kleid zu machen, das Mutter zum ersten Mal trug, so stand am nächsten Sonntag bei uns, wenn mit der Einladung wir an der Reihe waren, für Flamms das alte Geschirr auf dem Tisch, die alten Gläser und das billige Besteck. Von einer Blume war weit und breit nichts zu sehen. Vater wußte dann immer sofort, was es geschlagen hatte, auch ohne daß Worte gewechselt wurden. Mutter war zu unserem Besuch ebenso freundlich wie immer, nur was sie über ihn dachte, gab sie durch die Art kund, wie sie den Tisch deckte.

Als Vater eines Tages starb und ich Student war, behielt Mutter ihre Angewohnheiten bei. Wie sie über meine Freunde dachte, die ich ihr unterschiedlich ins Haus brachte, merkte ich daran, wie sie den Tisch für sie deckte. Sie sagte nie zu mir: »Junge, dein neuer Freund gefällt mir nicht«, sie deckte nur den Tisch für ihn ungemütlich. Und immer hatte Mutter, wie sich hinterher herausstellte, mit ihrem Urteil recht.

Eines Tages brachte ich ihr Waltraud ins Haus. Ich war sehr verliebt in sie. »Mutter, du mußt dir das Mädchen ansehen«, sagte ich, »sie kommt am Sonntagvormittag zu uns. Wenn du mir eine große Liebe antun willst, so lade sie zum Mittagessen ein.«

»Erst mal sehen, was du daherbringst«, sagte Mutter.

Ich hatte keine Sorge. Waltraud war in meinen Augen so vollkommen, daß sie Mutter gefallen mußte. Sie kamen auch schnell ins Gespräch miteinander, Waltraud war völlig unbefangen, sie erzählte Mutter viel von sich und wie wir es uns einmal einrichten wollten im Leben, welche Reisen wir machen wollten und welchen Wagen wir uns kaufen würden und wie ihre Wohnung einmal aussehen müßte. Mutters Gesicht blieb gütig und freundlich, zum Schluß streichelte sie die Hand des jungen Mädchens und sagte: »Sie bleiben doch bei uns zum Mittagessen?« Ich freute mich, wie schnell Waltraud das Herz meiner Mutter gewonnen zu haben schien, genauso schnell wie meines, mein Herz jubelte, als Mutter uns aus dem Garten ins Haus rief: »Kommt! Das Essen steht auf dem Tisch!« Wir liefen Hand in Hand ins Haus, und der Tisch war gedeckt. Aber nicht mit dem guten Geschirr und den kostbaren Gläsern, und nicht eine Blume stand darauf. Mir schmeckte an diesem Sonntag kein Bissen, und ich habe mit Mutter, als wir wieder allein waren, nicht über Waltraud gesprochen. Sie hätte mir bestimmt auch keine Antwort gegeben, wenn ich sie gefragt hätte, wie ihr das attraktive Mädchen gefiele.

Ich habe in den weiteren Jahren noch manches junge Mädchen meiner Mutter ins Haus gebracht, aber nie hat Mutter den Tisch festlich gedeckt. Vielleicht hatte sie die alte Sitte schon längst vergessen, denn ich sah nie mehr das gute Geschirr auf unserem Tisch, auch nicht die schönen Gläser, die das Licht widerspiegelten. Vielleicht hatte Mutter schon resigniert und fand, daß sie zu alt war, ihre Meinung noch kundzutun. Reden wollte ich mit ihr nicht darüber, denn Mutter war mit den Jahren immer schweigsamer geworden und duldete nicht, daß man mit ihr über solche Dinge sprach. Bis ich eines Tages, mehr durch Zufall, eine Studentin zum Essen mitbrachte, die schon ein paarmal bei uns gewesen war, denn wir saßen in demselben Hörsaal und arbeiteten zusammen, ich bei ihr und sie bei mir, wie es sich gerade traf. Sie war keineswegs auffallend hübsch und auch an diesem Tag nicht besonders angezogen, wir kamen zusammen, so, wie wir in der Uni gesessen hatten. »Komm, iß doch bei uns«, hatte ich zu ihr gesagt, »wir können dann gleich nach dem Essen weiterarbeiten.« Katharina war einverstanden, und Mutter, die ich darum bat, sagte, es wäre alles schon fertig gekocht, wir sollten es uns aus der Küche hereinholen, wenn wir Hunger hätten; sie selbst müßte dringend in die Stadt, zum Friseur, sagte sie. Wir gingen in meine Bude hinauf, Katharina und ich, und arbeiteten eine Stunde zusammen. Als wir fanden, daß es an der Zeit war zu essen, gingen wir hinunter. In der Küche lag ein Zettel. »Ich habe euch im Wohnzimmer gedeckt, Mutter«, stand darauf.

Ahnungslos betraten wir das Wohnzimmer, und da – es war wie ein Traum – stand der Tisch, so schön und festlich gedeckt wie seit Jahren nicht, für zwei Personen, die kostbaren Teller und Tassen, die geschliffenen Gläser, die schweren silbernen Bestecke, und in die Mitte des Tisches hatte Mutter eine schöne Schale mit Blumen aus unserem Garten gestellt, Vergißmeinnicht, Margeriten, Löwenmaul, Balsaminen, Nelken und Reseden. Und neben dem Teller von Katharina lag sogar eine Rose. Wir setzten uns, ein wenig befangen, und da sah ich zum ersten Mal Katharina richtig an und fand, daß sie schön war. Heute ist Katharina meine Frau, und das mit dem guten Geschirr und dem alten, wenn wir Besuch bekommen, das hat sie von meiner Mutter beibehalten.

Ein Vaterherz

Auf der Hausbank bei meinem Nachbarn im Sommer saß ein alter Mann und hütete das Kind des Bauern, das Enkelkind genauer gesagt, denn der alte Bauer hatte den Hof noch nicht übergeben, trotzdem seine Tochter mit ihrem Mann schon vier Kinder zur Welt gebracht hatte, den Kaspar, den Hans, den Kurt und den kleinen Rudi, den jüngsten von allen. Ich sah mit etwas Erstaunen auf den alten Mann, der auf der Hausbank saß und mit dem Kind spielte, und nahm erst an, daß er ein städtischer Wanderer durch die Dörfer sei, der zufällig zur Rast Platz auf der Bank genommen hatte. Denn daß er ein Städter war, sah man ihm am Gewand an. Ich setzte mich neben ihn und fragte ihn nach dem Woher und Wohin.

»Hier bleibe ich«, sagte er, »ich gehöre jetzt zu Ihren Nachbarsleuten.«

»Sie wohnen hier?« fragte ich erstaunt.

»Seit neun Tagen. Ich habe die Kammer im zweiten Stock.«

»Der Bauer hat Sie aufgenommen?«

»Als Mieter«, sagte der Fremde, »ich habe ihm dafür versprochen, ein wenig auf die Buben aufzupassen. Dafür bekomme ich mein Essen und zahle wenig für das Quartier. Zu etwas anderem tauge ich ja nicht, ich war Beamter, bin pensioniert und aufs Land gezogen.«

»Die Buben sind sehr lebhaft«, warf ich ein.

»Nicht lebhafter als die meinen. Ich bin selbst Großvater.«

Ich erfuhr seine Geschichte. Sie lag noch ganz dicht unter der Oberfläche seines Denkens, war noch nicht verkapselt, weder durch Bitterkeit noch durch die neuen Lebensgewohnheiten, in die er sich erst einleben mußte. Er war sein

Leben lang Beamter in der Sparkasse der nahen Hauptstadt gewesen, hatte jung geheiratet, sich mit Hilfe eines Bausparvertrages und einer kleinen Erbschaft in verhältnismäßig jungen Jahren ein Haus am Stadtrand erbaut, ein kleines Haus, drei Zimmer und eine Küche, auch ein Bad, was damals noch ein großer Luxus war, kein gekacheltes und kein aufwendiges, sondern ein winziger Raum, in dem eine Zinkbadewanne stand. Es gab in den zwanziger Jahren viele solche Häuser in der Stadtnähe, am Ende der Straßenbahn. Das Bauen war damals nicht teuer, und auch ein einfacher Mensch konnte sich den schönsten Luxus der Welt leisten, im Eigenheim zu wohnen. Dann starb unerwartet früh, bei der Geburt ihres ersten Kindes, seine Frau, er zog seine Tochter Christine allein auf, die Großmutter half ihm dabei ein wenig, aber auch sie ging früh aus dem Leben, genau als Christinchen acht Jahre alt war. Von dieser Zeit an lebte er allein mit dem Kind zusammen, es war eine schöne Zeit, wenn er sich heute daran erinnerte, Christinchen wuchs gesund heran, bald wurde aus ihr eine Christine, sie wurde siebzehn, sie wurde achtzehn, und ehe sie noch ihr neunzehntes Lebensjahr erreichte, heiratete sie einen netten jungen Mann, ebenfalls einen Beamten. Sie blieben in dem Haus wohnen, hatten ein Zimmter und der Vater das zweite, und wieder war es eine schöne, harmonische Zeit, die er mit seiner Tochter und seinem Schwiegersohn verlebte. Man kann sogar von einem bescheidenen Wohlstand sprechen, denn wo zwei Männer in einem Haushalt verdienen, muß man nicht allzusehr mit jedem Pfennig rechnen.

Dann kamen die Kinder. Sie purzelten hintereinander ins Haus, und der Großvater wurde sehr gebraucht. Er war ans Daheimbleiben gewöhnt, sein ganzes Leben schon, er putzte den Kindern die Nase, wärmte ihnen die Flasche, legte sie trocken und zog ihnen später die Schuhe an. Auch den Kinderwagen schob er durch die Felder, im Wagen das jüngste Kind und an der Hand die beiden älteren.

Er hatte sich frühzeitig pensionieren lassen, denn man kann nicht gut zur gleichen Zeit beides sein: Sparkassenbeamter und Großvater. Eine Lebensversicherung auf Erleben hatte er auch abgeschlossen, sie wurde in fünf Jahren ausbezahlt, da kann man schon ein wenig früher mit dem Arbeiten aufhören.

Er war längst in die kleine Kammer seines von ihm erbauten Hauses umgesiedelt und hatte sein Zimmer für das Kinderzimmer freigemacht. Aber die Enkel wurden mit den Jahren immer größer, aus der letzten Wiege wurde ein Kinderbett, die Kinderbetten der Größeren waren oben und unten zu kurz und mußten in normale Betten umgetauscht werden. Für drei Betten war das Zimmer zu klein, auch ein Tisch mußte herein, denn die Kinder brauchten Platz für ihre Schulbücher und Schularbeiten. Oft saß er an diesen Abenden mit seiner Tochter und ihrem Mann in sorgenvollen Besprechungen, wie sie der Enge Herr werden könnten. Denn so ein kleines Haus, das einmal für drei Menschen gereicht hatte, reichte nun nicht mehr für sechs aus. Zum Anbauen reichte das Geld nicht aus, Bauen war sündhaft teuer geworden, und jetzt kosteten die Kinder Geld und Schulkleider und vor allem Schuhe, jetzt verdiente nur noch einer in der Familie, denn Großvaters Pension war klein und fiel nicht ins Gewicht.

»Vielleicht geht es, daß der Große wenigstens beim Nachbarn schläft – sprich doch einmal mit dem Nachbarn, Vater!«

Er tat es, schweren Herzens, aber er kam unverrichteter Dinge zurück. »Ich könnte, wenn es euch nicht stört, in die Bodenkammer hinaufziehen«, sagte er, »ein alter Mann braucht nicht mehr allzu viel Platz.«

Die Kinder wollten es unter keinen Umständen annehmen. »Das geht nicht. Es ist immer noch dein Haus, Vater.«

»Und ihr seid meine geliebte Familie. Ich bin glücklich, mit euch leben zu können. Außerdem ist es nur vorübergehend. Wenn mir die Lebensversicherung ausgezahlt wird, bauen wir einen Raum für mich an.«

Großvater zog hinauf in die Bodenkammer. Sie hatte schiefe Wände, ein winziges Dachfenster, und viel Platz war nicht in dem Raum, nicht einmal für einen Ofen. Genau zu dieser Zeit wurde sein Schwiegersohn als Filialleiter der Sparkasse in eine Nachbarstadt versetzt, nur zwölf Kilometer entfernt, aber es fuhr keine Straßenbahn hinüber. Er mußte sich also einen Wagen kaufen, was er auch auf Grund seines aufgebesserten Gehaltes auf Ratenzahlungen konnte. Der neue Wagen war für alle ein aufregendes Ereignis, wie er dann vor der Tür stand, leider ohne Garage, auf der Straße, aber was ein neuer Wagen ist, der hält schon Wind und Wetter aus. Aber leid tat er einem doch, so im Freien, bei jedem Wetter, in der prallen Sonne und wenn der Regen auf ihn niederprasselte.

»Ich war sehr stolz, daß meine Kinder es zu einem eigenen Wagen gebracht hatten, und stand oft davor, wenn keiner mich sah, und strich mit der Hand über den neuen Lack. Ein Wagen vor dem Haus, das uns gehört, gibt dem Haus einen ganz anderen Anstrich. Es wächst im Wert«, sagte der Mann auf meines Nachbars Bank. Er bückte sich und holte den roten Ball hervor, der dem Kind davongerollt war, gab ihn dem Jungen und fuhr fort:

»Die Bodenkammer, in der ich wohnte, war bisher nicht leer gewesen. Die Wiege hatte darin gestanden, das Kinderbett, das nicht mehr gebraucht wurde, das alte Fahrrad, der Kinderwagen, leere Einmachgläser und anderer Bodenrat. Als ich dann einzog, standen die Dinge störend im Haus herum, auf dem Gang und im schmalen Treppenhaus. Wir warteten alle auf den Tag, an dem mir meine

Lebensversicherung ausgezahlt werden sollte, um für mich ein Zimmer anzubauen. Dann kam dieser Tag, und wir waren alle sehr froh. Ich habe die Hälfte des Geldes genommen und es meiner Tochter gegeben.

›Baut euch damit eine Garage‹, sagte ich, ›der Winter kommt bald, und der schöne neue Wagen soll nicht in Schnee und Eis auf der Straße stehen. Es tut ihm nicht gut.‹

›Aber wir wollten doch ein Zimmer für dich anbauen, Vater.‹

›Für mich tut es die alte Bodenkammer noch lange.‹

›Aber wir brauchen doch die Bodenkammer!‹ entfuhr es meinem Schwiegersohn. ›Die Unordnung auf dem Gang und der Treppe ist nicht mehr zu ertragen!‹

Ich blieb in der Bodenkammer, und die Unordnung im Treppenhaus und auf den Gängen blieb auch. Draußen begann man mit dem Bau der Garage an meinem Haus.

Ich war froh, bei den Kindern bleiben zu können, ich bin nicht gern allein. Ich war glücklich, meinen Enkeln bei ihren Schularbeiten zu helfen und sonntags mit ihnen spazierenzugehen. Für die Enkel allerdings, die wahrscheinlich lieber mit den anderen Jungen auf den Fußballplatz gegangen wären, war es wohl mehr, daß sie mit dem Großvater spazierengehen mußten, als ich mit ihnen. Das Glück eines Großvaters hat keinen weiten Bogen, es beschränkt sich auf die kleinen Dinge, bei denen er etwas von seiner Liebe darbringen kann. So ging ich Sonntag für Sonntag mit meinen Enkeln auf den Fußballplatz, auch wenn ich nichts von dem lauten Spiel verstand.

Da geschah eines Tages das Überraschende, das Wunderbare eigentlich: Ein kleiner Nachzügler traf in der Ehe ein. Ehe ich noch meiner Freude Ausdruck geben konnte, ein viertes Mal Großvater zu werden, sagte der Mann meiner Tochter: ›Wir zerbrechen uns schon seit Wochen den Kopf, wo wir das Kind hinlegen sollen. Wenn die beiden großen Buben oben in deine Bodenkammer einziehen könnten ...‹

Sehen Sie«, sagte der alte Mann, der auf der Bank meines Nachbarn neben mir saß, »da bin ich heimlich eines Tages ausgezogen und habe mich nach einem Quartier umgesehen. Die Kinder haben in ihrem Haus wirklich zu wenig Platz, das muß man einsehen, sie können nicht so beengt leben, die Kinder wollen auch einmal andere Kinder zum Spielen mit heimbringen, das war bisher unmöglich, aber jetzt geht es. Ich habe mich immer ein wenig vor dem Landleben gefürchtet, aber jetzt ist es gar nicht mehr so einsam und primitiv, wie man immer denkt. Ich habe ein großes Zimmer und viel mehr Platz als in den letzten Jahren, und einen Kleiderschrank für mich ganz allein, und gute Luft, und ich bin hier auch keinem im Weg, sie brauchen mich. Ich bin hier eine Art Wahlgroßvater, habe auch vier Buben um mich, wie daheim, und sie sind mir schon sehr ans Herz gewachsen. Oma! Hier sind wir! Juhu!« rief er laut ins Haus zurück, der alten Bäuerin in der Küche zu, die nach ihrem Enkel fragte.

»Ihre Kinder wissen nicht, wo Sie sind?«

»Doch«, sagte der Fremde, »ich habe ihnen am ersten Tag geschrieben, damit sie sich keine Sorgen machen. Am Sonntag besuchen sie mich, alle sechs. Sie haben ja jetzt den neuen Wagen ...«

Nur eine Bahnsteigkarte …

Mitten aus einem heiteren Leben heraus hat mich Mutter vor Jahren verlassen. Sie wollte nur schnell nach Hause fahren, um einmal für eine Woche nach dem Rechten zu sehen, von Wien nach Königstein, wo sie residierte. Das tat sie jedes Jahr einmal, immer um Vaters Geburtstag herum, um sein Grab zu besuchen. Ich dachte mir auch nichts dabei, als ich ihr tags zuvor am Wiener Westbahnhof die Fahrkarte löste, eine Platzkarte dazu, denn ich wollte, daß Mutter behaglich auf einem Eckplatz an der Fensterseite sitzt. Ich selbst konnte an diesem Tag nicht mit zur Bahn fahren, berufliche Verabredungen hielten mich davon ab, und Mutter sagte: »Laß gut sein, Junge! Mach dir wegen mir alten Frau keine Umstände! Ich bin ja ohne Gepäck, und mein Abteil werde ich auch ohne dich finden. Außerdem bin ich in spätestens zwei Wochen wieder zurück – besser, du holst mich ab, als du bringst mich zur Bahn!«

So fuhr ich Mutter nur bis zum Bahnhofsportal, drückte ihr die Fahrkarte in die Hand, gab ihr einen Kuß und sagte: »Gute Reise, Mutter! Komm gesund zurück!« Dann ging ich meinen Geschäften nach, ich weiß heute nicht mehr, waren sie wirklich so wichtig, oder gab ich ihnen mehr Bedeutung, als sie verdienten.

Ich habe meine Mutter nicht wiedergesehen. Eine tückische, kaum drei Tage währende Krankheit nahm sie mir, fast über Nacht. Ich habe mir nie verzeihen können, Mutter nicht in den Zug gesetzt und mit ihr vom Bahnsteig aus gesprochen zu haben. Da ist nichts Neues zu sagen, nur, daß man miteinander spricht, die alten Sätze wie: »Schreib bald!« und: »Grüß Onkel Edmund!« und: »Vergiß nicht, in Stuttgart umzusteigen!«, alle jene belanglosen Sätze, die man immer wieder am Bahnsteig wiederholt, noch fünf Minuten, noch drei Minuten bis zur Abfahrt des Zuges und dann: »Also Mutter, bleib gesund, schreib bald und schöne Tage!«

Dann läuft man noch ein Stückchen neben dem langsam anfahrenden Zug und winkt, und Mutter winkt zurück, bis der Zug aus der Halle fährt und in der Ferne verschwindet.

Es ist jetzt schon eine gute Reihe von Jahren her, als dies geschah, aber ich habe es noch nicht überwunden, daß ich versäumte, die letzten Minuten, die unsere allerletzten sein sollten, draußen auf dem Bahnsteig zu warten und Mutter nachzuwinken.

So hat sich in den letzten Jahren, eigentlich gleich nach Mutters Tod, eine liebe Gewohnheit in mir herangebildet. Ich gehe jetzt oft auf Bahnhöfe, löse mir eine Bahnsteigkarte und gehe die Fernzüge entlang. Oft früh um sieben Uhr schon, eine Stunde vor Arbeitsbeginn, oder am Abend, wenn die Nachtschnellzüge die Stadt verlassen. Ich blicke mich um und schaue in die Fenster der Züge, die in zehn Minuten aus der Halle rollen werden.

Da sehe ich viele alte Frauen, einsam auf ihrem Platz, traurig zum Fenster herausschauen. Sie sind früh gekommen, sie wollten den Zug nicht versäumen, und nun sitzen sie da und warten, und keiner ist bei ihnen, mit dem sie reden können, der ihnen eine gute Reise wünscht und mit dem Taschentuch nachwinkt. Es sind die Mütter, die man nicht zum Zug gebracht hat. Am Morgen ist es auch so schwer, da muß der Mann zur Arbeit, die Kinder müssen für die Schule fertig gemacht werden, das Frühstück will gekocht sein, die Brote gestrichen, vielleicht geht man auch selbst ins Büro – wer hat da Zeit, Mutter zur Bahn zu bringen und in den Zug zu setzen?

»Laßt nur, Kinder! Macht keine Umstände! Ich find' auch allein hin«, sagen die Mütter.

Wenn Mutter, die zu Besuch war, am Abend abreist, ist es nicht anders. Vielleicht will man ins Theater oder einen

Film sehen, vielleicht ist etwas Besonderes im Fernsehen, oder Gäste kommen zum Abendessen.

»Mutter, bist du uns sehr böse, wenn Paul dich mit dem Wagen nur bis zum Bahnhof bringt und nicht wartet, bis der Zug abfährt?«

Natürlich ist Mutter nicht böse, Mutter ist nie böse, Mutter sieht das ein, und dann sitzt sie im Abteil auf ihrem Fensterplatz und schaut hinaus, und manchmal ist ein Tränlein in ihren Augen, aber nicht aus Kränkung, sondern nur aus Einsamkeit.

Ich gehe draußen auf dem Bahnsteig entlang, manchmal habe ich ein paar Blumen in der Hand, und wo ich eine einsame alte Mutter am offenen Fenster stehen sehe, auf die Abfahrt ihres Zuges wartend, spreche ich sie an. Sie sind alle sehr redewillig, denn die Einsamkeit ist gerade in diesen Augenblicken groß in ihnen. Ich frage sie nach dem Woher und Wohin, nach ihren Kindern, nach ihren Enkeln, wieviel sie hat und ob sie sie gerade besucht hat und wann sie sie wiedersehen wird. Ich lasse mir auch die Bilder von ihren Kindern zeigen, die immer ganz obenauf in den Handtaschen liegen. Ich rede mit ihnen und versuche, ihnen die Minuten der Einsamkeit bis zur Abfahrt zu vertreiben. Dann wünsche ich ihnen eine gute Reise und reiche ihnen zuletzt die Blumen zum Fenster hinauf.

Sie gelten meiner eigenen Mutter, der ich sie damals nicht mit auf die Reise gegeben habe, und mein Warten am Zug bei einer mir völlig fremden alten Frau soll meiner Mutter zeigen, wie sehr ich mein Versäumnis von damals bereue. Vielleicht schaut sie gerade vom Himmel herunter, sieht mich hier unten auf dem Bahnsteig warten und sagt: »Bist du wieder eine Stunde früher aufgestanden, als du mußtest, Junge? Nur um mich in den Zug zu setzen und mir diese Blumen zu bringen? Ich weiß doch, daß du mich damit meinst – verkühl dich nur nicht! Auf so einem

Bahnsteig zieht es immer, hättest du dir wenigstens deinen Hut aufgesetzt und einen Schal umgebunden.«

Aber das ist schon die fremde Mutter, die das zu mir sagt: »Verkühlen Sie sich nur nicht! Hätten Sie sich wenigstens einen Hut aufgesetzt oder einen Schal umgebunden . . .«

Der Briefträger ging vorbei

Vier Jahre hatten wir dies zu Neujahr durchgeführt: Nicht eine einzige Glückwunschkarte hatten wir verschickt. Wir hielten es für eine höchst unzeitgemäße Schablone und auch unser nicht würdig, just an einem bestimmten Tag im Jahr alle Bekannten im Geist abzuklappern und jedem einen »Herzlichen Glückwunsch zum Jahreswechsel« zu senden. Wir selbst bekamen diese Karten zuhauf, legten ihnen nicht mehr Bedeutung bei, als sie verdienten, nämlich sich selbst, dem Absender, zu beweisen, wie groß doch der eigene Bekanntenkreis sei, den man zu Neujahr mit einer Glückwunschkarte bedenken mußte. Nicht einer von ihnen, so sagten wir uns, flehte den Himmel ernstlich um unser Wohlergehen an, unser Schicksal im neuen Jahr war ihm höchst gleichgültig, aber einen Neujahrsglückwunsch mußte er uns schicken, das gehört sich so.

Wie ist es denn im bürgerlichen Leben? Da hat jedermann seine Liste, wem zu Neujahr gratuliert werden muß, und daneben noch einen Karton mit den eingegangenen Glückwünschen vom vorigen Jahr. Die Liste wird abgehakt, die Glückwunschkarten vom vorigen Jahr werden eingerissen, wenn sie mit Glückwünschen für das nächste Jahr beantwortet sind, und dann hat man das Ganze wieder bis zum nächsten Mal überstanden. »Der Spaß wird immer teurer mit den Karten«, sagt man höchstens, und der Finger tut einem vom vielen Adressenschreiben mächtig weh.

Ich machte den Anfang, die Schablone der guten Wünsche zu durchbrechen, und schrieb nicht mehr. Ich wollte auch keine Glückwunschkarten empfangen, wir haben Ölheizung, wohin mit dem vielen Papier, das man nicht mehr in den Ofen schieben kann? Im ersten Jahr kamen noch genauso viele Glückwunschpostkarten, trotzdem wir selbst keine einzige verschickt hatten, im zweiten Jahr floß die Flut schon ein wenig spärlicher, im dritten Jahr waren es nur noch abgezählte achtundvierzig Stück, und dann kam das vierte Jahr, das letzte. Die Briefträger trugen am Silvestertag und am Neujahrsmorgen ihre vollen Taschen treppauf und treppab, sie mußten oft noch einen Extrabeutel mit sich schleppen, so groß war der Segen der guten Wünsche.

Es gab keine Tür im ganzen Haus und in der ganzen Straße, an der der Briefträger nicht läutete. Nur bei uns ging er vorbei. Ich sah durch das Guckloch in der Tür – denn ich bin neugierig von Natur aus –, wie er stutzte, in seine Tasche sah, verständnislos, ja fast sich wundernd den Kopf schüttelte und weiterging. Am Treppenabsatz, dort wo die Treppe zum nächsten Stock hinauf eine Kehre macht, blieb er noch einmal stehen und blickte abermals in seine Tasche. Dann erst ging er weiter nach oben.

»Die Röslers haben nicht einen einzigen Glückwunsch bekommen«, sagte er daheim zu seiner Frau, »ob da wohl etwas vorgeht? Vielleicht haben sie silberne Löffel gestohlen, und man setzt sich von ihnen ab. Irgend etwas muß mit ihnen nicht stimmen, denn ohne triftigen Grund läßt man keinen Menschen, nicht einmal den ärmsten, ohne Neujahrsglückwünsche.«

Da wir ihm offensichtlich leid taten und er ein Mensch mit Gefühl war – denn man kann nicht Briefträger werden und jahraus, jahrein denselben Menschen täglich die Zeitung bringen und die frohen und traurigen Briefe, ohne innerlich an ihrem Schicksal teilzunehmen –, setzte er sich am Neujahrstag nach seinem Dienstgang hin und schrieb uns auf einer goldgedruckten Glückwunschkarte mit der Aufschrift »Alles Gute zum neuen Jahr!« handschriftlich: »... das wünscht Ihnen von ganzem Herzen Ihr alter Briefträger Rambold, Josef.«

Darf ich gestehen, daß wir unsere helle Freude an dieser Karte hatten, der einzigen Glückwunschkarte, die wir in diesem Jahr bekamen, daß die Traurigkeit, die uns befallen hatte, wieder von uns abfloß und daß wir uns noch am gleichen Tag hinsetzten und zweihundert Glückwunschkarten schrieben und auf alle Umschläge hinten handschriftlich dazusetzten: »Versehentlich zu spät in den Postkasten geworfen«, denn das wollten wir zum nächsten Neujahr nicht wieder erleben, daß wir verfemt und vergessen in unserer Wohnung saßen und niemand unser gedachte. Nach der Logik zu leben und nach dem Verstand, das ist nicht immer gut. Wer aus der Herde ausschert, gerät in Gefahr zu erfrieren, auch wenn die Kälte nur ans Herz greift.